VICENTAS ERBE

Der Anlass

Vor über vierzig Jahren stach mir auf einem *rastro*, einem Trödelmarkt
in Spanien, eine Handschrift im Rahmen hinter Glas ins Auge. Die musste
ich haben! Die kunstvoll verschnörkelte Signatur allein rechtfertigte den
Kaufpreis. Der Bilderrahmen ging den Weg aller Souvenirs dieser Welt in
die »Ablage Dachboden«. Vor kurzem tauchte die Schrift wieder auf und
wurde aus dem Rahmen genommen. Sie entpuppte sich als ein notarieller
Pachtvertrag aus dem Jahr 1758 im damals gebräuchlichen Kastilisch. Wo
der Schreiber stärker aufgedrückt und die Eisengallustinte zu großzügig
aufgetragen hatte, waren feine Ätzrisse im handgeschöpften Amtspapier
entstanden. Behutsam wurde das fragile Dokument in modernes Spanisch
übertragen.

Vierzehn Personen werden im Text mit Namen benannt. Sie alle hatten
auf die eine oder andere Weise mit der Pachtsache zu tun. Wie standen sie
zueinander? Was verband sie, was trennte sie? Welche Schicksale könnten
sich hinter dem nüchternen Vertragstext verborgen haben? Solche Fragen
beflügeln unabwendbar die Phantasie, oder?

Die Erzählung

Der Ort des Geschehens ist Valencia, Hauptstadt der gleichnamigen
Provinz im Süden des Königreiches Aragón, wo auch der Pachtvertrag
abgeschlossen wurde.

Doña Estela Ginart y March hatte ihr Testament beim Notar Guillermo
Aparicio hinterlegt. Sie hatte ihre Lieblingsnichte Doña Vicenta Darder de
Borja y Ginart zur alleinigen Erbin eines veritablen Vermögens bestimmt.
Außer Vicenta wusste jedoch niemand, dass damit erdrückend viel Arbeit
und eine fordernde Lebensaufgabe verbunden waren. Dennoch trat die
junge Frau das Erbe an.

Von dessen immensem materiellem Wert geblendet fühlten sich ihr
bürgerlicher Ehemann und die katholische Kirche in Person des Bischofs
von Valencia durch die Erblasserin um ihre erwartete Teilhabe geprellt.
Sie schmiedeten einen listigen Plan.

Doña Vicenta geriet in große Gefahr.

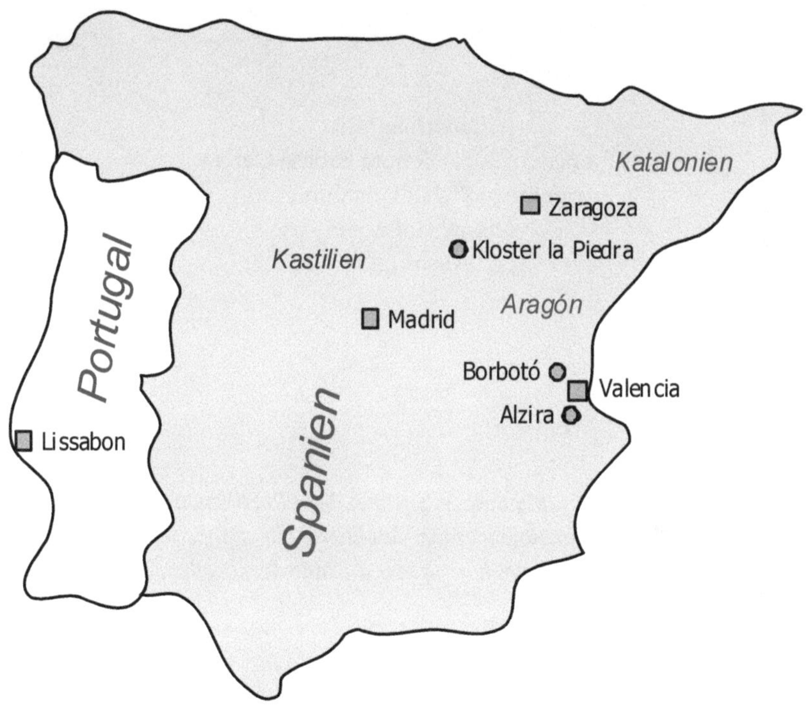

Orte der Handlung

Sämtliche Handlungen, Charaktere und Dialoge in diesem Buch sind rein fiktiv. Ähnlichkeiten zwischen den im Pachtvertrag genannten Personen und den in der Erzählung handelnden Charakteren sind zufällig und völlig unbeabsichtigt. Namen von Personen, Orten und Straßen wurden zum Teil verändert.

Umschlagbild
Francisco Goya, Señora Sabasa García
mit freundlicher Genehmigung:
National Gallery of Art
Washington

Die Deutsche Bibliothek verzeichnet diese Publikation in der Deutschen Nationalbibliografie; detaillierte bibliografische Daten sind im Internet über ‹http://dnb.ddb.de› abrufbar.

Herstellung und Verlag:
BoD- Books on Demand, Norderstedt
ISBN 9 783842 384996

UWE GEILERT

VICENTAS ERBE

Roman

Meiner Frau Ute ein großes Danke für ihre unermüdliche Mitwirkung bei
Recherchen in Valencia und bei der Gestaltung des Manuskripts.

Es schien, als wären alle Bewohner Valencias auf den Beinen. Die *Plaza de la Virgen* war voll mit Menschen. Von der *Calle Navellos* bis zum Apostelportal am Nordende der Kathedrale hatten sie für die heranrollenden Kutschen eine enge Gasse freigelassen. Die eleganten, gefederten Kaleschen fuhren mit offenem Verdeck. Ihre weinrote, grüne oder dunkelblaue Lackierung glänzte in der Sonne des jungen Morgens. Hoch auf den Böcken saßen Kutscher mit flachen Zylindern in grauer Livree, deren einreihige Röcke mit sechs blanken Knöpfen vorn und vier hinten verziert waren. In der linken Hand führten sie das Zaumzeug aus geschmeidigem schwarzem Leder, in der rechten die Bogenpeitsche. An den viereckigen polierten Messingleuchten fächelten Streifen von Trauerflor sanft im Fahrtwind. In den lackierten Speichen der Räder tanzten flinke Reflexe des Sonnenlichts. Bunte Familienwappen prangten auf den elegant geschwungenen Türen der Karossen. Die Farbenpracht der Gespanne wurde durch das Schwarz der Trauergäste noch unterstrichen.

Die Menge auf dem Platz begaffte die hohen Herrschaften, die wie durch ein Spalier an ihr vorbeiglitten. Das Getrappel der Hufe echote von den Häuserwänden und vereinte sich mit dem Geläut der Glocken, dem Plätschern des Neptunbrunnens und dem Getuschel aus tausenden von Mündern zu einer kakophonischen Klangmischung, die über dem Platz waberte. Die Glocken riefen zur Totenmesse für Doña Estela Ginart y March, die vor drei Tagen nach vierundsiebzig ausgefüllten Lebensjahren entschlafen war.

Vor den Stufen zum Portal halfen die vornehmen Herren den Damen mit den schwarzen, kunstvoll gestickten Mantillas auf den Köpfen und den *abánicos* in den Händen galant beim Aussteigen. Ihre Mienen waren ernst. Paarweise traten sie durch die wuchtige, weit geöffnete Eichenholztür ins Dunkel des Gotteshauses.

Das Bogenfeld über der Tür wurde durch ein Tympanon aus Sandstein mit einer Steinmetzarbeit der sieben Heiligen ausgefüllt. Auf den beiden Seiten der gotischen Staffelbögen breitete sich eine filigrane Galerie mit den zwölf Aposteln aus. In der Fassade darüber leuchtete die riesige Rosette aus hellem Sandstein mit dem Symbol des Davidssterns, die in einem flachen Sims endete.

Gut zwanzig Fuß neben dem Portal stand Guillermo Aparicio zwischen den Schaulustigen. Entspannt lehnte er an einem Pfeiler der dreistöckigen Säulenarkade, einem Überrest des römischen Tempels, der hier gestanden hatte. An ihm mussten alle ganz nah vorbei, um in das Gotteshaus zu gelangen. Aparicio war Anwalt, und seine Klientel bestand aus den Reichen und Mächtigen, die sich seine Dienste leisten konnten. Es war *die* Gelegenheit, dem einen oder anderen sein Gesicht in Erinnerung zu rufen. Dies war der erste Grund für sein Kommen.

Der zweite Grund war, sich darüber zu informieren, wer zum Kreis der geladenen Gäste gehörte und wer nicht. Wer war etwa in Ungnade gefallen? Wer war in den Kreis der Notabeln aufgerückt? Unbemerkt notierte er Namen für seine Kartei möglicher Mandanten. Die Wappen an den Karossen zeigten ihm an, aus welcher Region sie stammten und zu welcher Familie sie gehörten.

Der dritte Grund, der ihn aus der Kanzlei hierher gelockt hatte, war das seltene Schauspiel, den gesamten Hochadel des Königreichs Aragón so vollzählig und so einträchtig versammelt betrachten zu können. Er gestand sich ein, ein wenig Neugier war schon auch dabei.

Sein vierter Grund war, sich von Doña Estela auf seine Weise zu verabschieden. Er war zuvor geschickt in die Kathedrale geschlüpft und hatte am Altar vor dem Sarg kniend ein kurzes Gebet gesprochen. Sie war seine Mandantin gewesen, und er hatte seinen Vorsatz in die Tat umgesetzt, ihr für die vielen Jahre einträglicher Dienstleistungen ein Dankgebet zu sprechen.

Doña Estela war nicht irgendeine ältere Dame. Sie stammte aus dem berühmt-berüchtigten katalanischen Geschlecht der Borja, das sich über die Stadtgrenze hinaus einen Namen gemacht hatte. Das bewiesen nicht zuletzt die zahlreichen adligen Trauergäste, die aus allen Ecken und Winkeln Aragóns angereist waren, um ihren Respekt zu bezeugen, bei der heiligen Messe gesehen zu werden, alte Kontakte aufzufrischen, im Anschluss an die Trauerfeier das eine oder andere

Geschäft zu erledigen, oder sie wollten sich einfach wieder einmal dem Volk zeigen. Sie verbanden das Notwendige mit dem Nützlichen.

Die reinste Form der Trauer zeigten die einfachen Leute, deren Schicksal die Verstorbene mit wohltätiger Hilfe zu lindern versucht hatte. Ihr Gatte Luis Ignacio de Borja Aragón y Castelles, Graf von Gandia, war vor sieben Jahren verstorben und hatte ein gigantisches Vermögen hinterlassen, das sie geschickt anzulegen verstand. Aus den Erträgen hatte sie mildtätige Projekte zu Gunsten von Behinderten, Blinden, Leprösen und Armen finanziert. In deren Kummer über den Tod ihrer Wohltäterin mischte sich jetzt die bange Frage, wie es wohl weitergehen würde. Würden die Erben Doña Estelas die gewohnte Fürsorge im gleichen Sinne, und vor allem mit ähnlichen Beträgen und derselben Hingabe fortführen? Wer würde das große und schwierige Erbe antreten? Nichts war bisher verlautbart worden.

Nur die nächsten Angehörigen waren darüber informiert, dass Doña Estela ihren letzten Willen durch Guillermo Aparicio hatte verfassen und in seiner Kanzlei hinterlegen lassen. Jetzt, nach ihrem Tod, kannte nur noch er dessen Inhalt. Und er wusste, dass sie es wussten. Auf dem kurzen Weg von ihren Kutschen zum Portal mussten sie ihn entdecken, kaum vier Schritte weit weg. Er erwiderte ihre Blicke ruhig und konzentriert, er versuchte, in ihren Gesichtern zu lesen. Einige grüßten verhalten, der Traurigkeit des Anlasses angemessen, andere sahen ohne Regung zu ihm herüber. Alle sahen der Einladung zur Testamentseröffnung ungeduldig entgegen, obwohl sie wussten, dass die Pietät einen gebotenen zeitlichen Abstand verlangte.

›Das wird eine gewaltige Überraschung geben! Ich kann Eure langen Gesichter erahnen. Doña Estela werdet Ihr nicht vergessen. In Euren Köpfen wird sie weiterleben. Die meisten von Euch werden nicht erfreut sein und lange an sie denken. Eigentlich alle. Das hat die alte Dame maliziös eingefädelt.‹

Durch die Ankunft der nächsten Kutsche wurde Aparicio jäh aus seinen Gedanken gerissen.

›Das muss Doña Vicenta sein, Estelas Nichte! Die Erbin.‹

Eine junge, schöne Frau schritt vorbei, ihre feuchten Augen auf den Boden gerichtet, sorgsam auf jeden Schritt achtend. Sie war die einzige unter den Trauergästen, die ehrlichen Kummer zu empfinden schien. Sie trug nicht den einstudierten Gesichtsausdruck der an die Öffentlichkeit gewöhnten Zelebritäten zur Schau. Ihr Ehemann stützte sanft ihren Arm. Aparicio kannte sie nur aus den Verhandlungen mit Doña Estela, er war ihr bisher nicht persönlich vorgestellt worden. Er warf einen prüfenden Blick auf das Wappen an ihrer Kutsche.

›In der Tat. Sie ist es. Welche Perle zwischen all diesen Kieseln! Doña Vicenta Darder de Borja y Ginart. Ich kann kaum erwarten, sie kennenzulernen.‹

Aparicio erinnerte sich an den letzten Termin mit Doña Estela vor einem knappen Jahr. Das Testament war unterzeichnet und durch Antonio Sequer y Pertusa, einen Notarkollegen, beglaubigt worden. Sie hatte darauf bestanden, ihn persönlich in der Kanzlei zu besuchen, um dort die Beurkundung zu prüfen.

»Das ist das letzte Mal, dass ich Ihre verdammten Treppen hinauf- und wieder hinunterkraxeln muss«, hatte sie grienend gestöhnt.

»Gut, dass Lastenia mich begleitet, meine kräftige Zofe. Ein jeder Besuch bei Ihnen fällt mir schwerer. Mein Kopf sagt mir, dass der Körper nachlässt. Ich frage mich manchmal, was besser ist. Wenn es im Kopf neblig wird, bekommt man die schwindende Physis nicht mehr mit. Ist man klar im Kopf, wird einem das stete Nachlassen des Körpers immer deutlicher. Doch mein Haus ist nun geordnet. Ich kann gelassen darauf warten, dass ER mich zu sich ruft.«

Dabei hatte sie mit dem Zeigefinger nach oben gedeutet

»Demnächst plane ich die Trauerfeier in der Kathedrale. Alles muss durchdacht sein. Das wird ein gesellschaftliches Ereignis, sage ich Ihnen. Ich werde Sie auf die Liste der Trauergäste setzen, und ich werde durch die Wände meiner Kiste sehr genau beobachten, ob Ihre Tränen echt sind, mein lieber Aparicio.«

Er war erschrocken. Nein, nicht das! Er wollte auf gar keinen Fall am Requiem teilnehmen! Mit Mühe überzeugte er sie, ihn nicht auf die Liste zu setzen.

»Hoheit, meine Arbeit für Euch ist rein professioneller Natur. Niemand aus dem Kreis Eurer Angehörigen soll einen abweichenden Eindruck bekommen, besonders mit Blick auf die minimale Zahl der Begünstigten. Es wird Gerede geben. Ich will vermeiden, dass man mir etwas unterstellt. Außerdem, vergesst bitte nicht, mein Vater war einfacher, rechtschaffener Buchhalter, er zählte noch nicht einmal zum untersten Adel …«

»Wollen Sie andeuten, dass Adel nicht rechtschaffen ist?«

»Um Himmels willen, nein. Ihr seid das beste Beispiel. Es ist nur, dass ich mir unter all den Erlauchten deplatziert vorkommen würde. Ich verspreche Euch, ich werde mich in geziemender Form von Euch verabschieden. Dazu brauche ich weder Weihrauch noch bischöflichen Segen. Und meine Tränen, Hoheit, die werden echt sein. Ihr wisst um die Wirkung gemahlenen Pfeffers. Er vollbringt Wunder.«

Sie mochte seine entwaffnende, scherzhafte Offenheit und nahm die Bemerkung mit einem Lächeln zur Kenntnis.

»Gut, mein treuer Aparicio. Dann machen wir das eben so. Aber setzen Sie den Pfeffer nicht auch noch auf die Rechnung!«

Er hatte sie danach nicht wieder getroffen.

Der helle Sandstein der Kathedrale leuchtete in der Maisonne. In den Duft der verschiedenen Parfums mischte sich, langsam strenger werdend, der Ammoniakgeruch von frischem Pferdemist. Aparicio steckte seinen Block mit den Notizen in die Tasche. Die letzte Kutsche war inzwischen vorgefahren. Allmählich kam das Geläut zur Ruhe. Die Menge zerstreute sich, die Menschen gingen nun wieder ihrem gewohnten Tagwerk nach. Die schwere Eichentür wurde geschlossen. Aparicio verließ seinen Standplatz, ging am Seitenschiff entlang in Richtung des achteckigen Glockenturms, den die Valencianer liebevoll *El Miguelete* nannten. Sein Grundriss erinnerte an das Minarett, das die

Mauren nach dem Sieg über die Westgoten beim Bau ihrer Moschee auf die römischen Fundamente aufgesetzt hatten.

Miguel Mayoral Alonso de Ponce war nun schon neun Jahre der Bischof von Valencia, der südlichsten Provinz Aragóns, und die Hauptstadt Zaragoza war weit weg. In seiner bisherigen Amtszeit hatte er eine solch exklusive Totenmesse noch nicht erlebt. Als er die Liste der Trauergäste studierte, wurde ihm deutlich, dass der gesamte Hochadel und viele Würdenträger anwesend sein würden.

›Die Crème Aragóns wohnt dem Requiem bei. Sie verbeugt sich vor der toten Doña Estela und geht wieder. Welch Aufwand! Für eine Stunde habe ich sie alle in meiner Kathedrale. Was für eine einmalige Gelegenheit. Die Totenmesse läuft nach einem festen Schema ab, in der ich keine Rolle habe. Die wickeln meine Priester ab. Schade um die verlorene Chance, mich bei den Honoratioren Aragóns in Erinnerung zu bringen. Denn der Stuhl des Erzbischofs von Zaragoza ist vakant, und bisher wurde kein Kandidat benannt. Ich sollte diesen Augenblick nutzen, schlussendlich winkten das Kardinalspurpur, der Titel *Sanctae Romanae Ecclesiae Cardinalis* und die Anrede Eminenz.‹

Er beschloss, die Folge des Requiems abzuändern und eine Wortpredigt einzufügen, die er zweifelsohne selbst halten würde. Seine Selbsteinschätzung sagte ihm, dass es keinen besser geeigneten Kandidaten für den begehrten Posten gäbe als ihn. Nach der Predigt sollten es alle Anwesenden begriffen haben.

Die Zeit drängte, denn er hatte nicht mehr als zwei Tage, um an seinem Manuskript zu feilen. Am Vorbild der Verstorbenen wollte er der Trauergemeinde ihre mildtätigen Pflichten ins Bewusstsein rufen. Er nahm sich vor, Doña Estelas Edelmut den Schwachen, Armen und Kranken gegenüber in den höchsten Tönen zu preisen, nicht ohne die fürsorglich segnende und klug lenkende Hand des Bistums und auch seinen persönlichen Einfluss in möglichst positivem Licht erscheinen zu lassen.

Er würde geschickt verschweigen, dass Doña Estela Ginart y March zu ihm ein Verhältnis tiefer Abneigung gepflegt hatte. Wieder und wieder hatte sie ihm zu verstehen gegeben, dass sie ihn für ihre uneigennützige Tätigkeit so wenig duldete wie ein *cimarrón*, ein wilder Hengst, einen Reiter auf dem Rücken. Sie hatte ihn gehasst, und er wusste, warum. Insgeheim war er erleichtert, dass Doña Estela ihr delikates Wissen mit ins Grab genommen hatte. Es wäre seiner steilen Karriere alles Andere als nützlich gewesen. Nun gab es nur noch zwei Menschen, die seine Ziele durchkreuzen könnten. Diesem Problem wollte er sich später widmen. Jetzt galt es, die geeigneten Formulierungen für seine Ansprache zu finden.

Er kannte die Ängste seiner Schäfchen zum Fortbestand Doña Estelas wohltätiger Projekte, und als Hirte teilte er ihre Befürchtungen. Eine Reduzierung oder gar der komplette Wegfall der finanziellen Unterstützung wäre eine Katastrophe. Sein Bistum verfügte weder über die Mittel noch über das Organisationstalent der Verstorbenen. Doña Estela hinterließ ein Vakuum, das gefüllt werden musste, sollten all die Vorhaben nicht im Laufe der Zeit in sich zusammenfallen oder im Sande versickern. Das musste auf jeden Fall verhindert werden.

›Meine Worte müssen sich an die Erben richten. Aber wer sind die? Sie sitzen verstreut in der Gemeinde, vielleicht sogar ohne es zu wissen. Hat sie ihr Testament vollendet? Was beinhaltet es? Wann wird es eröffnet? Fragen über Fragen. Ich muss allgemein bleiben. Doch Halt! Da ist noch diese Nichte, die Doña Estela in den letzten Jahren zur Seite stand, Vicenta, die ich vor Jahren als Kind im Internat unterrichtete. Würde sie die Aufgaben ihrer Tante übernehmen? Doch zuerst brauche ich Klarheit über die Bestimmungen des Testaments. Zu gegebener Zeit werde ich ihren Ehemann auf die Seite nehmen.‹

Bevor es eröffnet war, wollte er weder mutmaßen, noch seine Sorgen in der Predigt erwähnen. Er wollte auf keinen Fall negative Töne einfließen lassen!

Langsam formte sich der Text.

Doña Vicenta hatte sich an das Halbdunkel des Gotteshauses gewöhnt und sich flink die Tränen abgetupft. Am Arm ihres Gatten schritt sie den Mittelgang hinab zur ersten Reihe, deutete einen Knicks an, schlug das Kreuzeszeichen und nahm ihren Platz ein. Sie konnte die Blicke im Nacken spüren, hörte das Flüstern der adligen Damen in den Reihen hinter ihr, aber sie verstand die getuschelten Worte nicht.

Seit dem Konzil von Trient im Jahre 1545 war der genaue Ablauf der Totenmesse festgelegt, dem die Kirche Aragóns weitgehend folgte. Zum Introitus wurde das *Requiem aeternam dona eis* gesungen und in der Graduale von der Gemeinde wiederholt. Das Halleluja war durch den Tractus mit dem *Absolve domine* ersetzt worden. Zum Beginn des nun folgenden Offertoriums wurden der Wein und das Brot zum Altar gebracht. Doch anstatt mit der üblichen Gabenbereitung fortzufahren, betrat nun Bischof Miguel Mayoral Alonso de Ponce die Kanzel. Der Bischof persönlich! Das hatte es bisher noch nicht gegeben. Ein fast unhörbares, erstauntes Raunen ging durch die Trauergemeinde.

In gesetzten Worten ermahnte der Bischof die Trauernden an die hehre Pflicht der christlichen Nächstenliebe, die Doña Estela in so vorbildlicher Weise erfüllt hatte, wofür sie am Jüngsten Tag gewiss mit einem Platz zur Seite des Herrn werde rechnen dürfen. Sie sei ein Vorbild gewesen. Bei diesen Worten suchte er den Blickkontakt zu Doña Vicenta.

Vicenta spürte die Blicke des Bischofs auf sich gerichtet, doch sie sah nicht zur Kanzel hinauf. Sie wollte ihm jetzt nicht ins Gesicht schauen. Sie mochte ihn schon lange nicht mehr. Als sie später Phelipe heiratete, hatte sie sich gewehrt, gerade von ihm die Ehesakramente empfangen zu müssen. Irgendein Priester wäre ihr lieber gewesen. Doch die Familie hatte darauf bestanden, und sie hatte sich gefügt.

Ihre Augen wanderten jetzt vom Sarg, den Blumengebinden und Kandelabern zu den sechs großen Ölgemälden über dem Altar. Sie blickte scheinbar durch sie hindurch auf einen imaginären Punkt im Unendlichen. Sie hörte die anerkennenden Worte des bischöflichen Nachrufs nicht. In ihrem Kopf liefen die erfüllten Jahre mit ihrer Tante Doña Estela ab, die Besuche in Armenhäusern und Hospitälern, die sie am Anfang erschreckt hatten, der Anblick von unheilbar Kranken, vor allem der Leprösen, der bei ihr Ekel aufkommen ließ. Estelas Mitleid war echt gewesen, aber es hatte ihren klaren Blick nicht verstellt. Sie packte an. Sie wollte etwas bewegen. Vicenta hatte den unbeugsamen Optimismus ihrer Tante bewundert, ihre sorgfältige Planung und ihre Fähigkeit, mit kleinem Einsatz große Wirkung zu erzielen. Estela war eine Rarität in der spanischen Oberschicht. Jetzt, wo sie tot war, spürte Vicenta Beklommenheit.

›Wird die Familie jetzt von mir erwarten, die riesige Lücke zu füllen, die Doña Estelas Tod gerissen hatte? Sie war so souverän in allem, was sie tat. Ich bin noch lange nicht so weit. Ich würde Jahre brauchen, um Tante Estela auch nur annähernd das Wasser reichen zu können.‹

Estela hatte ihrer Nichte die Augen geöffnet, hatte sie aus dem Kokon ihrer behüteten Welt hinausgeführt in die Realität des harten Lebens der gemeinen Leute. Vicenta musste entdecken, dass jenes Universum größer war als der kleine Kosmos ihres Daseins im Bannkreis von Großfamilie, Kirche und ihrer Ehe mit Phelipe. Sie war stets eine aufmerksame, wissensdurstige Schülerin ihrer Tante gewesen. Die Einzige aus der weit verzweigten Sippe.

Sie konnte mit ihrer Tante über alles reden. Bis auf dieses eine Thema: Ihre Ehe. Doña Estela hatte weder Verständnis für Vicentas Wahl ihres Ehemanns, noch dafür, dass ihre Eltern das zugelassen hatten, ja, sogar unterstützten. Phelipe sah zwar sehr gut aus, war sportlich und konnte hervorragend reiten und fechten, aber musste es ein Bürgerlicher sein? Ohne klangvollen Namen? Das hatte ihr großes Unbehagen bereitet. Vicentas Eltern kannten ihre Tochter kaum. Sie befanden sich fast das ganze Jahr in Madrid am Hofe des spanischen Königs. Fast war es Estela erschienen, als wären sie erleichtert, Vicenta endlich unter der Haube zu haben.

Phelipes Familie hatte im Handel mit der Neuen Welt viel Geld verdient, aber es war junges Geld, das sich erfahrungsgemäß genauso geschwind verflüchtigen konnte, wie es erworben worden war. Hinter ihrem Vermögen standen nicht die Sicherheiten von Landbesitz und Titeln, nicht der Schutz einer verzweigten Sippe mit Beziehungen zum königlichen Hof und zum Klerus. Der Auserwählte war in Estelas Augen ein Neureicher, ein Emporkömmling, ein Niemand.

›Man kann sich eine Frau kaufen, auch einen falschen Titel, aber nicht Adel. Gott sei gepriesen, dass er dir noch keinen kleinen Bastard eingepflanzt hat‹, hatte Doña Estela boshaft bemerkt.

Allmählich hielt ihn Vicentas Familie auch noch für impotent, weil sich nach sechs Jahren Ehe keine Schwangerschaft ankündigte. Sie hasste die mitleidigen Blicke ihrer Familie und die neugierigen Fragen ihrer Freundinnen.

Während sie die Liturgie automatisch verfolgte, betete sie um Erhörung ihres sehnlichsten Wunsches. Ein Kind würde ihre Familie dazu bewegen, Don Phelipe endlich als ein vollwertiges Mitglied zu akzeptieren. Doch dann meldete sich arglistig ihr Verstand. Für eine Schwangerschaft bedurfte es der fleischlichen Leidenschaft. Damit hatte sie seit ihrer Schulzeit ein Problem, sie schien ihr schmutzig und lüstern. Aber auch Phelipes Verlangen war mit den Jahren merklich abgeklungen. Er kam immer häufiger spät nach Hause oder nächtigte bei Freunden, wie er sagte.

Tief in Gedanken und eingelullt vom Widerhall der Stimme des Bischofs im hohen Kirchenschiff und vom betörenden Aroma des Weihrauchs hatte sie vom Sinn der Predigt nichts mitbekommen und ihr Ende verpasst. Erst als die Stimme verstummte und der Bischof von der Kanzel gestiegen war, schenkte sie dem Requiem wieder ihre Aufmerksamkeit. Jetzt folgten die Gabenbereitung, das Lavabo und das Gabengebet. Im Anschluss wurde die Kollekte gesammelt. Die *Communio* beendete die Messe. Langsam leerte sich die Kathedrale, die Trauergäste bestiegen ihre Kutschen und gingen ihren Geschäften nach.

Ein Hilfspriester hatte bekanntgegeben, dass Beisetzung und Aussegnung von Doña Estelas Leichnam im Mausoleum der Familie ausschließlich einem strikt festgelegten engen Kreis der Familie ohne Öffentlichkeit vorbehalten war. So hatte es die Verstorbene bestimmt. Doña Vicenta gehörte dazu, Don Phelipe nicht.

Don Phelipe war außer sich vor verletztem Stolz. Drei Tage und Nächte blieb er dem Stadtpalais fern, das die Familie seiner Frau und ihm am Ufer des Turia zur Verfügung gestellt hatte. Am vierten Tag fuhr er wieder vor. Es war früher Abend. Der Stallbursche hörte das Geräusch der Hufe auf der gepflasterten Einfahrt unter den hohen Palmen und kümmerte sich um Kutsche und Pferd. Der Mayordomo kam aus dem Haus, grüßte ehrerbietig und nahm seinem Herrn Hut und Mantel ab. Don Phelipe bestellte beim Küchenmädchen einen Tee und setzte sich in den kühlen, dämmrigen Salon. Die geschlossenen Jalousien hatten die Hitze des Tages ferngehalten. Doña Vicenta hatte die Kutsche aus der oberen Etage vorfahren sehen und schritt die Treppe herunter.

»Schön, dich wiederzusehen. Wo warst du?«

»Bei Kunden auf dem Land.«

Vicenta wartete, bis das Mädchen den Tee abgestellt hatte und hinausgegangen war.

»Bitte lüg mich nicht an! In dieser Kalesche bist du noch nie überland gefahren. Du nimmst stets die größere Kutsche. Hast du kein Gepäck? Und an der Kalesche ist kein Staub wie von einer langen Fahrt über Landstraßen und Wege.«

»Mein Bursche hat sie geputzt.«

Er sagte es wenig überzeugend und sah sie abwartend an. Sie wusste, dass es gelogen war.

»Du bist in der Stadt gesehen worden.«

»Wer sagt das?«

»Die Leute reden.«

»Die Leute reden immer. Und sie haben allen Grund dazu. Dass ihr mich von der Beisetzung deiner Tante ausgeschlossen habt, ist mehr als nur ein Affront, ich empfinde es als Beleidigung. Was ich mir alles anhören musste …«

»Du Armer!« Vicenta spöttelte und wurde wieder sachlich.

»Es war Doña Estelas Wille, den haben wir zu respektieren. Die Leute geht es doch gar nichts an, es ist eine Angelegenheit der Familie. Gescheite Menschen verstehen das und geben keine unpassenden Bemerkungen ab.«

»Ihr lasst also zu, dass sie mir aus dem Sarg heraus noch eine Ohrfeige gibt? Wofür? Ich habe ihr nichts getan. Dass sie mich nicht mochte, beruht auf Gegenseitigkeit. Aber das ist kein Grund, mich auch noch öffentlich zu demütigen. Ihr hättet ihren Wunsch, sagen wir … übersehen können. Nun haben wir das Gerede der Leute, und ich stehe da wie ein *cojón*.«

»Du warst in Begleitung einer … Dame.«

Phelipe sah seine Frau an.

»Wer behauptet das?«

»Die Leute.«

»Sag mir den Namen.«

»Den der Dame?«

»Nein, von wem du das hast.«

»Und wenn ich dir den Namen nennen würde, würdest du dich wegen einer Kurtisane duellieren? Das wäre denkbar unangemessen, denn offenbar ist sie in deinen Kreisen einschlägig bekannt.«

»Wie schön du das sagst, ›in deinen Kreisen‹. Hast du jetzt die Absicht, mir wieder einmal deinen Adelsnamen um die Ohren zu schlagen?«

»Nicht im Geringsten. Immerhin hat meine Familie dir den Titel eines Chafreon y Dassi verschafft. Also verhalte dich auch so und nicht wie ein Amoros, der du einmal warst.«

»Deine Mutter hat in diese Sippe eingeheiratet, also bist du keine echte Borja. Und was sich einige eurer Angehörigen unter dem Namen Borgia in Italien geleistet haben, ist kein Ruhmesblatt.«

»Bleibe bitte sachlich, Phelipe. Ich bin eine Ginart, ich heiße nur Borja. Du weißt sehr genau, dass wir es in Sachen Bildung und Kultur mit den Borjas mehr als aufnehmen können. Wir sind wohl weniger machthungrig, aber dafür umso angesehener. Was deinen Vergleich mit Papst Alexander VI. betrifft, Rodrigo war ein echter Borja, weiß Gott, wenngleich aus einer katalanischen Nebenlinie.«

»Aha, ein Katalane zweiter Klasse? Umso mehr musste er sich in Rom profilieren, nicht wahr? Willst du Euch in Schutz nehmen?«

»Geschichte nimmt niemanden in Schutz. Wie lange ist das her? Er ging im August 1492 als Sieger aus dem Konklave hervor. Eine Woche zuvor hatte Columbus für seine Reise über den Atlantik Segel gesetzt. Über zweihundertfünfzig Jahre. Phelipe, du wärmst nur alte Geschichten auf! Du bist doch sonst nicht so rückwärts gewandt. Wir leben in einer neuen Zeit, und wir leben in Spanien. Keiner kann sich heute noch hinter den früheren Verfehlungen von Papst Alexander VI. verstecken. Immerhin hat er mindestens drei Kinder gezeugt.«

»*Daher* weht der Wind! Du machst mir zum Vorwurf, dass wir keine Kinder haben? Vielleicht bist du der Grund.«

»Woher willst du wissen, dass es an mir liegt? Wenn du andere Frauen bevorzugst, ist die Sache klar. *Du* bist es, der seine Pflichten nicht erfüllt. Und noch etwas: Du solltest deine Eskapaden mit einem pietätvolleren Abstand zum Tod Estelas ausleben. Was du tust, ist einfach geschmacklos. Warum bist du nicht konsequent und ziehst zu ihr? Aber nein, das würde sie nicht wollen. Sie hat schließlich noch andere ›Kunden‹. Du würdest sie nur stören.«

»Von wem redest du eigentlich?«

»Phelipe, ich rede von dir und dieser Dame. Ich kenne ihren Namen. Sie hat dunkelrotes Haar.«

Sie vermied, den Namen zu nennen.

»Spionierst du mir nach?«

»Um Himmels Willen! Das ist gar nicht nötig. Du benimmst dich so plump und unvorsichtig, dass es jeder sieht, der Augen im Kopf hat. Ich kenne zu viele Leute, die mich vor dem plötzlichen Erwachen schützen wollen ...«

»... um ihren Vorteil daraus zu ziehen.«

»Möglich.«

»Hast du einen Verehrer?«

»Spiel jetzt nicht den eifersüchtigen Ehemann! Mache dich nicht lächerlich. Verehrer? Einen? Viele! Aber keinen Liebhaber, wenn du das fragen wolltest. Ich kann mich gut beherrschen, ich mache mich, ... uns, nicht zum Gespött der Leute, die doch nur darauf warten, mir etwas nachreden zu können. Aber du hast es in Windeseile geschafft, mein Bester. *Felicitaciones!* Chapeau!«

Sie machte eine ironische Verbeugung.

»Du solltest dir eine Stadtwohnung kaufen. Zeige Format, Don Phelipe Chafreon y Dassi! Diszipliniert gehen wir unseren offiziellen und gesellschaftlichen Verpflichtungen unverändert nach, nur teilen wir das Bett nicht mehr. Es gibt genügend andere, die das ebenso handhaben.«

Sie erhob sich. Auf dem Weg zur Küche fragte sie Phelipe über die Schulter: »Soll ich jetzt das Abendessen auftragen lassen? Belieben der Herr mit mir zu speisen?«

In Anlehnung an die vierzigtägige Fastenzeit vor Ostern lebte Doña Vicenta bis zur Sechswochenmesse in Zurückgezogenheit und Besinnung. Sie wollte in Ruhe trauern und dabei innere Kraft schöpfen für das, was ihr möglicherweise bevorstand und von ihr erwartet würde. Ihre Bereitschaft hatte dabei stetig zugenommen, die Arbeit ihrer Tante fortzuführen, untermauert durch die klare Erkenntnis, dass niemand außer ihr so tief eingearbeitet war. Ihre Ehe mit Phelipe war ein Scherbenhaufen, diese plötzliche Aufgabe wäre für sie ein neuer Lebensinhalt. Doch noch war abzuwarten, was Estela in ihrem letzten Willen dazu festgelegt hatte. Würden die Projekte ein Ende finden? Würden die Investitionen und Anlagen liquidiert werden? Oder sollte alles unverändert weitergehen? Niemand wusste es, und sie wollte sich gedulden.

Die Spannung bei Nichten und Neffen Estelas und anderen weitläufig Verwandten war ungleich größer. Nichts war klar, denn es gab keine Erben in gerader Linie. Wie hatte sie jeden Einzelnen von ihnen bedacht? Wie groß war das Vermögen, und wie hatte sie verfügt, es unter ihnen aufzuteilen? Sie mussten die Anspannung aushalten, bis es so weit war.

Endlich! Einen Monat nach dem Sechswochenamt kam der Bote mit der Einladung zur formellen Testamentseröffnung. Doña Vicenta begab sich zur Kanzlei an der *Plaza de San Francisco* in der historischen Altstadt. Während ihr der Kutscher galant die Hand zum Aussteigen entgegenhielt, wies Doña Vicenta ihn an, in etwa einer Stunde wieder vorzufahren und sie abzuholen.

Das Büro war hell und geräumig, die hohen Fenster erlaubten einen Ausblick auf den langen Platz, die Wände waren mit Regalen verstellt, in denen sich bis zur Decke Folianten von Gesetzestexten und gebündelte Akten stapelten. Der Schreibtisch war aufgeräumt, vor Aparicio lag ein sorgsam gebundenes Dokument.

»Schön, dass Ihr kommen konntet, Doña Vicenta, und dass Ihr pünktlich seid, ich habe heute noch eine Menge zu erledigen. Ich freue mich Euch kennenzulernen. Über zwölf Jahre habe ich für Eure Tante gearbeitet. Ich vermisse ihren scharfen Verstand und ihre sehr spitze Zunge. Wir hatten manchen Disput, fanden aber stets einen gangbaren Weg. Sie war sehr ambitioniert, was ihre Projekte betraf.«

»Sie brauchen dem nichts hinzuzufügen. Ich kenne meine Tante nur zu gut.«

Aparicio bat sie, an seinem Schreibtisch Platz zu nehmen.

»Sie luden zur Testamentseröffnung. Wo bleibt denn der Rest der Erbengemeinschaft? Hat man sich verspätet?«

»Da Doña Estelas kinderlos geblieben war, wie Ihr wisst, gibt es keine Erben in direkter Linie. Ihr Erbe fällt deshalb an Verwandte zweiten Grades. Deren Zahl ist beachtlich. Erfahrungsgemäß führt dies zu Differenzen und zeitraubenden Streitereien. Ich weiß, wovon ich rede. Es ist mein tägliches Brot. Dem Vermächtnis Eurer Tante wäre das alles andere als förderlich. Sie beschloss, Euch als alleinige Erbin einzusetzen. Ich bin daran nicht ganz unbeteiligt, gebe ich zu.«

›O Schreck!‹ Vicenta war bleich geworden. Sie hatte insgeheim zwar befürchtet, dass sie Tante Estelas uneigennütziges Werk ganz allein würde fortsetzen müssen. Dass sie auch noch zur alleinigen Erbin bestimmt war, jagte ihr Furcht ein.

›Alle, die sich einen Anteil am Erbe versprochen hatten, werden mit der toten Estela hadern. Sie werden argwöhnen und mich ihren Neid spüren lassen. Das kann heiter werden!‹

»Ist Euch nicht gut?«

Aparicio sah sie lange an.

›Welch schöne Frau! Sie hat den ersten Schock erfahren, aber sie bewahrt die Contenance. Sie besitzt Format!‹

»Danke, mir geht es gut. Ich dachte nur schnell an die Folgen dieser Entscheidung innerhalb der Familie. Da gibt es sicher einige, die noch auf Ihre Einladung warten, Señor Aparicio.«

»Ich hatte mir während der Formulierung erlaubt, Eure Tante rechtzeitig auf diesen Umstand hinzuweisen. Da ist noch etwas. Nicht nur die Familie, erlaubt mir die Bemerkung, kommt zu kurz. Auch die Heilige Katholische Kirche wurde im Testament mit keinem Anteil bedacht, wie es eigentlich üblich ist. Man macht eine Schenkung von Ländereien oder gewährt finanzielle Spenden. Aber für Überlegungen solcher Art war Eure Tante nicht zugänglich. Gibt es Eures Wissens Gründe, die zur Erhellung beitragen könnten?«

Vicenta überlegte still.

›Natürlich gab es da etwas. Aber das betraf mich persönlich. Es ist viele Jahre her. Hat sie sich daran erinnert? Wollte sie die Kirche abstrafen? Ich kann sie leider nicht mehr fragen. Und Aparicio geht es nichts an.‹

»Nicht, dass ich wüsste. Jedenfalls hat sie darüber nie mit mir gesprochen.«

»Gut. Dann sollten wir beginnen. Als erstes bin ich verpflichtet, das Testament in voller Länge zu verlesen. Solltet Ihr Fragen haben, unterbrecht mich bitte. Wenn Ihr alles verstanden habt, bitte ich um Eure Erklärung, ob Ihr das Testament annehmen wollt oder nicht. Solltet Ihr die Ablehnung erklären, wird das Vermögen von der Krone eingezogen. Ich kann Euch versichern, ich hätte dafür Verständnis. Ich kenne den Inhalt. Ich habe es genau nach Doña Estelas Wünschen angefertigt. Soll ich mit der Lesung beginnen?«

Vicenta nickte.

Aparicio öffnete die Schleife der Bindung, klappte den Deckel auf und begann zu lesen, langsam, genau und deutlich. Es war klar formuliert, Vicenta hatte nicht eine einzige Frage. Aber die Last auf ihren Schultern wuchs von Satz zu Satz. Am Ende verlas er die übliche Formel, dass das Testament im Vollbesitz der geistigen Kräfte verfasst worden war, und das Datum der Hinterlegung. Es war der 28. Juli 1746. Vor genau zehn Monaten. Es war Vicentas fünfter Hochzeitstag. In diesem Augenblick glaubte sie Estelas Gesicht zu sehen, die eine Augenbraue hochgezogen. Sie lächelte weise und vielleicht ein wenig verschlagen. Es war die allerletzte Missfallensbekundung Doña Estelas gegen ihre Ehe und gegen Phelipe.

Der Notar schloss den Deckel und knüpfte die Schleife.

»Ihr habt ein unglaubliches Vermögen geerbt, Doña Vicenta, aber Ihr könnt nichts damit anfangen. Alles ist festgelegt, alles ist in langfristigen Verträgen verplant. Auf Euch wartet eine gigantische Aufgabe, … so Ihr denn annehmt. Für die Betreuung und Verwaltung der zahllosen sozialen Projekte steht Euch ein opulentes jährliches Gehalt zu.«

»Ich muss Ihnen widersprechen, Señor Aparicio. Denn ich kann sehr wohl eine ganze Menge damit anfangen, nämlich genau das, was meine Tante tat. Ich nehme das Testament an.«

Sie sagte das mutig, mit klarer, fester Stimme. Für einen Moment stand Aparicio der Mund offen.

›Diese Frau ist etwas Besonderes! In ihrer Entschlossenheit scheint sie ihrer Tante zu ähneln. Doña Estela hat mit ihr eine gute Wahl getroffen.‹

»Ich bewundere Euch. Eigentlich sollten wir jetzt feiern. Aber es gibt noch reichlich zu tun.«

»Ja, das sollten wir. Ich werde Sie später einladen, mit mir zu speisen, wenn es Ihre Zeit erlaubt.«

Er zog eine vorbereitete Erklärung aus der Schublade, in zwei Ausführungen auf offiziellem Papier mit dem königlichen Steuersiegel und dem Stempel seiner Kanzlei.

»Dann wollt Ihr bitte hier unterschreiben.«

Er schob ihr ein Tintenfass und einen Federhalter über den Tisch. Vicenta tauchte die Feder in die Öffnung, streifte überflüssige Tinte ab und setzte ihre Paraphe auf die beiden Dokumente. Der Notar nahm eine Ausführung an sich.

»Ich habe mir, Eure Erlaubnis voraussetzend, eine Abschrift des Testaments für mein Archiv anfertigen lassen. Das Original gehört jetzt Euch. Doch bevor ich es Euch offiziell aushändigen darf, benötige ich die schriftliche Zustimmung Eures Ehegatten. Ich werde ihn direkt zu mir einladen. Hat sich Don Phelipes Anschrift in der Zwischenzeit geändert? Als Notar muss ich Euch dies fragen. Wie ich höre, steht es um Eure Ehe mit Don Phelipe derzeit nicht zum Besten?«

Vicenta nickte stumm.

›Er ist gut informiert‹, stellte sie fest.

»Schicken Sie es bitte an die gewohnte Adresse.«

»Ich wollte bestimmt nicht neugierig erscheinen, aber für das, was ich Euch heute vortrage, benötigen wir die Kooperation Eures Mannes. Uneingeschränkt. Wie Ihr sicher wisst, ist Euer Ehemann der gesetzliche Verwalter Eurer Güter. Ihr als Frau seid dazu leider nicht ermächtigt, so will es das Gesetz.«

Wieder nickte sie.

»Bedauerlicherweise haben sie damit Recht, Señor Aparicio. Ich wünschte, die Gedanken der Aufklärung, die in Deutschland und Frankreich um sich greifen, würden auch bei uns in Spanien endlich Einzug halten. «

Er nickte zustimmend.

»Es wäre deshalb sinnvoll, meinen Mann nicht durch allzu viele Einzelheiten zu beunruhigen. Wir brauchen die Unterschrift, nicht seinen Sachverstand oder gar seine Mitwirkung, wenn Sie mich richtig verstehen.«

»Sehr wohl, Doña Vicenta. Doch damit ist es nicht getan. Bei Erbschaften dieser Größe, vor allem wenn Landbesitz im Spiel ist, benötigt Ihr die Zustimmung der Katholischen Kirche. Sie prüft, ob sie aus früheren Schenkungen Anspruch auf Teile der Ländereien geltend machen kann. Ihr glaubt nicht, welche Zusagen der Kirche auf dem Sterbebett gemacht werden. Plötzlich wird klar, dass die materiellen Werte zurückbleiben, die Seele aber ewigen Frieden sucht. Und für eine Schenkung verspricht die Kirche als Mittler zum Ewigen beinahe alles. Die Prüfung kann lange dauern. Heilige Bürokratie! Sie ist so schnell wie ein Maultier am Schöpfrad. Dann, und erst dann, könnt Ihr offiziell mit der Arbeit beginnen. Doch dank der Weitsicht Eurer Tante haben die Dinge eine Eigendynamik und laufen für lange Zeit weiter wie ein Kreisel.«

Aparicio öffnete die Schublade wieder und legte die gerade von Doña Vicenta unterschriebene Erklärung hinein.

»Um die Beantragung der Schiedssprüche zu beschleunigen, solltet Ihr einen Testamentsvollstrecker Eures Vertrauens bestellen, der die nötigen Schreiben verfasst und alles Weitere erledigt. Ich kann Euch ein paar Namen nennen. Selbstverständlich würde ich mich freuen, wenn Ihr meine bescheidenen Dienste in Anspruch nehmen würdet, Doña Vicenta.«

Sie überlegte nicht lange.

»Natürlich, Señor Aparicio. Da Sie meiner Tante bereits zu Diensten waren und die Materie kennen, sollten Sie das machen.«

Noch einmal öffnete er seine Schublade und förderte erneut ein Dokument zutage.

»Dann bitte ich Euch, diese Vollmacht zu unterzeichnen.«

Wieder schob er ihr das Tintenglas hin.

Dann zog er zwei Briefe aus der Schublade.

»Die entsprechenden Schreiben an die Kirche habe ich im Voraus bereits verfasst, möchtet Ihr sie gegenlesen?«

Jetzt schmunzelte Vicenta.

»Sie sind genauso weitsichtig und vorausplanend wie meine Tante. Hat sie das von Ihnen oder umgekehrt?«

»Wir sind, ... waren, mit Verlaub, so eine Art Seelenverwandte. Nichts überlassen wir dem Zufall. Ihr könnt Euch sicher fühlen, dass ich Angelegenheiten dieser Natur mit größter Umsicht erledige.«

»Dann sind Sie der Richtige für die Aufgabe. Und nein, die Schreiben brauche ich nicht zu lesen.«

»Sie gehen noch heute per Kurier ab, Doña Vicenta.«

Er begleitete sie zum Ausgang.

»Vielen Dank für Euren Besuch und Euren Auftrag. Kontinuität ist alles in diesem Geschäft.«

Die Erklärung der Testamentsannahme und die Vollmacht durch Don Phelipe warteten bereits in der Schublade auf dessen Unterschrift. Selbstverständlich hatte der gewissenhafte Notar auch einen Entwurf seiner Gebührenrechnung verfasst.

Wenige Tage später führte der Kanzleisekretär Don Phelipe ins Büro. Der Notar stand auf und kam um seinen Schreibtisch herum auf ihn zu.

»Guillermo Aparicio.«

»Ich weiß.«

»Sie sind Señor Chafreón?«

»Don Phelipe Chafreón y Dassí in Person. Sie haben mich schließlich herbestellt.«

»Hergebeten, Don Phelipe. Gebeten. Nehmt doch bitte Platz.«

Er deutete auf den Stuhl vor seinem Schreibtisch.

»Gewiss kennt Ihr den Grund unseres Treffens.«

Er öffnete die Schublade, nahm das Testament heraus und hielt es beinahe schützend in der Hand.

»Ich habe Eurer Frau das Testament in vollem Wortlaut verlesen, wie es meine Pflicht ist. Wenn Ihr mir eine Stunde Eurer wertvollen Zeit zur Verfügung stellen wollt, würde ich jetzt auch Euch den Text Wort für Wort vorlesen.«

Er verharrte in seiner Pose und sah Don Phelipe gelassen und erwartungsvoll an.

›Wenn Phelipe bemerkt, dass für ihn nichts dabei herausspringt, dass das Vermögen langfristig fest angelegt ist, dass alle Erträge nur wohltätigen Zwecken zufließen und dass seine Frau eine völlig neue Lebensaufgabe erhält, für die sie ein eigenes Einkommen bezieht, könnte er am Ende die Unterschrift verweigern. Dann war die ganze Arbeit umsonst, und die Krone in Zaragoza zieht das Vermögen ein. Ich müsste die Ersuche um Schiedssprüche der Inquisition widerrufen und erklären, warum. Dann fangen die an zu bohren. Schlussendlich würde sich die Kirche einmischen und das Testament Doña Estelas kurzerhand kassieren. Unvorstellbar! Viel besser wäre, wenn er blind unterschreibt. Schließlich ist Doña Vicenta meine Mandantin und nicht er. Ich werde ihm eine Brücke bauen.‹

»Wenn es Euch beliebt, könnt Ihr selbst darin lesen und später die Einzelheiten mit Eurer Ehefrau in Ruhe besprechen.«

Aparicio baute darauf, dass Phelipe nach dem Lesen der ersten drei Seiten des juristischen Textes gelangweilt aufgeben würde. Und so geschah es.

»Geben Sie her, Aparicio. Ich lese, was ich für nötig erachte und bespreche den Rest mit Doña Vicenta persönlich.«

Er hatte Phelipe richtig eingeschätzt.

»Ganz wie Ihr wünscht.«

Don Phelipe studierte das Inhaltsverzeichnis und blätterte dann zielstrebig zur Auflistung des Vermögens. Aparicio beobachtete ihn genau. Trotz perfekter Beherrschung seines Gesichtsausdrucks trat ein Glanz in Phelipes Augen. Dann erlosch sein Interesse für den Rest des Dokuments. Viel wichtiger war ihm plötzlich, das Verhältnis zu seiner Frau gründlich zu verbessern und das miserable Bild seiner Ehe in der Gesellschaft wieder aufzupolieren. Nichts wäre für ihn schädlicher, als im Abseits zu landen, jetzt, da seine Frau noch reicher wäre und in die Fußstapfen von Doña Estela trat. Ohne zu zögern unterschrieb er die vorbereiteten Dokumente.

Aparicio war erleichtert. Das Problem lag jetzt in den Händen des Ehepaars.

Auf dem Weg in die Stadt wies Don Phelipe seinen Kutscher an, beim berühmtesten Floristen anzuhalten und auf ihn zu warten. Er gab einen riesigen Blumenstrauß in Auftrag und ließ ihn durch einen Boten bei seiner Frau anliefern. Auffälliger ging es nicht. Die Leute in der Stadt hatten ihre Neuigkeit. Als er nach Hause kam, standen die Blumen an einem auffälligen Platz der Eingangshalle. Vicenta ging ihrem Mann entgegen.

»Warst du bei Aparicio?«

»Heute Mittag. Ich habe unterschrieben. Die wichtigen Stellen habe ich gelesen, den Rest habe ich überflogen.«

Vicenta ließ sich ihre Zufriedenheit nicht anmerken. Aparicio hatte seine Aufgabe offenbar geschickt gelöst.

»Ich habe ein paar Blumen für dich bestellt. Gefallen sie dir?«

Vicenta bedankte sich artig.

»Sie sind wunderschön. Ich danke dir sehr dafür, auch für deine Kooperation beim Notar. Ich weiß das zu schätzen. Aber glaube bitte nicht, dass ich mit ein paar Maravedí für Blumen zu kaufen bin.«

»Natürlich nicht, denn du bist ja jetzt noch wohlhabender, noch unnahbarer«, antwortete er spitz. Doch sie ging nicht darauf ein.

›Ich werde jetzt *nicht* die betrogene Ehefrau spielen und einen Streit vom Zaun brechen. Ich werde ihm *keine* Vorhaltungen machen. Wozu auch? Er würde sich nicht ändern, nichts würde sich ändern. Geschehen ist geschehen. Ich habe Wichtigeres zu tun.‹

Ohne ein weiteres Wort verließ sie den Raum. Die juristischen Voraussetzungen waren erledigt. Jetzt plante sie die Benachrichtigung der Familie, die noch immer darauf brannte, Neuigkeiten zu Estelas Testament zu erfahren.

Für die darauffolgende Woche hatte Vicenta die Damen aus der engeren Verwandtschaft in ihr Haus am Turia zum Kaffee eingeladen, ohne ihnen den Zweck des Treffens vorher bekanntzugeben. Sie alle hatten an der Totenmesse in der Kathedrale teilgenommen, und sie sollten die Boten sein, die ihren Bericht in die Familie tragen sollten. Sie sah dem Nachmittag mit Spannung und Unbehagen entgegen. Wie würden sie den letzten Willen Doña Estelas aufnehmen? Wie würden sie reagieren?

Ihr *mayordomo* Alfredo half den Damen in der Auffahrt beim Aussteigen aus ihren Kutschen und führte sie zur Eingangstür, wo Vicenta sie freundlich und gelassen empfing und in die Empfangshalle mit den gepflegten Terrakotta Fliesen geleitete. Vor dem niedrigen Sockel aus bunten *azulejos* stand ein dunkles Tischchen, darauf ein mit Trauerflor geschmücktes Portrait der Verstorbenen in Öl auf Holz.

Eins der Hausmädchen bot auf einem Silbertablett Kristallgläser mit gekühltem Likörwein an. Als alle versammelt waren, begrüßte Vicenta ihre Gäste.

»Meine Lieben, mit dem Sechswochenamt ist die erste Phase der Trauer zu Ende. So wie wir sie alle kannten, bin ich davon überzeugt, dass sie nichts dagegen einzuwenden hätte, mit ihrem Lieblingswein auf ihren Seelenfrieden trinken. Es ist schön, dass Ihr gekommen seid. Auf eure Gesundheit.«

»Auf Doña Estela«, erwiderten alle unisono.

Sie stellten die Gläser nacheinander auf das Silbertablett zurück, und ein Hausmädchen öffnete die Zwischentür zum Salon mit den großen Fenstern zum palmenbeschatteten Garten hinter dem Haus. Als alle an der Tafel Platz genommen hatten und der Kaffee in den Tassen dampfte, erhob sich Vicenta und klopfte an ihr Glas. Es wurde augenblicklich still. Das Bild der Verstorbenen und der Trinkspruch hatten sie neugierig gemacht. Dies war kein üblicher Kaffeeklatsch. Mit erwartungsvollen Gesichtern sahen sie Vicenta an.

»Ich werde mich kurz fassen. Während ihrer letzten Jahre war ich viel mit Doña Estela zusammen und habe sie bei ihren zahlreichen Projekten unterstützen dürfen. Sie war eine bemerkenswerte Frau mit klaren Vorstellungen und einem starken Willen. Ich habe viel von ihr lernen können und bekam einen tiefen Einblick in das Leben und das Leiden armer und einfacher Menschen in unserem Land. Lasst uns ihrer eine Minute schweigend gedenken, bevor ich zum eigentlichen Grund dieser Zusammenkunft komme. Wir wollen uns bitte erheben.«

Nur das leise Schaben der Stühle auf den Fliesen war zu hören. Nach einer Weile ergriff Vicenta wieder das Wort.

»Ich danke euch. Und nun nehmt bitte wieder Platz. Ich möchte euch jetzt von der Eröffnung Estelas Testament berichten.«

Das Schweigen dauerte nur kurz. Die Damen sahen sich erstaunt an, und dann redeten alle durcheinander.

»Wie?«

»Wann fand die statt?«

»Wir haben keine Einladung gesehen.«

»War die schon?«

»Warum wusste ich nichts davon?«

»Was geht hier vor?«

»Darüber werde ich mit meinem Mann sprechen.«

Vicenta hob eine Hand und bat um Aufmerksamkeit.

›Das war erst die eine Nachricht. Jetzt kommt die zweite‹, die viel wichtigere‹, dachte sie.

»Wie viele von Euch eine Einladung erwartet haben, weiß ich nicht. Aber es gab nur eine einzige. An mich nämlich. Ich saß ganz allein im Büro des Notars und war selbst sehr überrascht. Tante Estela hat mich zur Alleinerbin bestimmt.«

›Jetzt ist es heraus‹, dachte sie und ließ die von allen so lange erwarteten Neuigkeiten wirken. Aufmerksam beobachtete Vicenta die Gesichtsausdrücke ihrer Verwandten. Einigen blieb der Mund offen, andere sahen sie mit ungläubigen Augen an. Dann redeten wieder alle zur gleichen Zeit.

»Das konnte sie nicht tun.«

»Das ist ungerecht.«

»Wir haben doch alle ein Anrecht.«

»Es gibt doch andere Nichten und Neffen.«

»Man muss dagegen angehen.«

»Das nehmen wir nicht hin.»

»Wir sind doch eine große Familie!«

»Nichts gegen dich, Vicenta, aber das musst du verstehen.«

Vicenta wartete geduldig bis sie ausgeredet hatten.

Roberta stand empört auf.

»Ich bin Estelas Nichte im gleichen Rang wie du. Ich fühle mich zurückgesetzt und lege Widerspruch ein. Francisco und ich werden das Testament anfechten.«

Sie nahm ihre Handtasche und verließ mit hochrotem Kopf das Haus. Laura, eine weitere Nichte, schloss sich an. Die anderen blieben. Vicenta ließ Roberta und Laura ungerührt ziehen. Als wieder Ruhe eingekehrt war, fuhr sie fort.

»Nachdem ich schon über ein Jahr mit ihr zusammen an all den sozialen Projekten gearbeitet hatte, besuchten wir eine Pflegestation für Leprakranke, die sie finanzierte. Dort nahm sie mich auf die Seite. Um uns herum standen, saßen, lagen all diese bejammernswerten Kreaturen mit ihren furchtbar entstellten Gesichtern und Gliedmaßen. Ich hatte Tränen in den Augen. Bis heute schaffe ich es nicht, sie bei ihrem schrecklichen Anblick zurückzuhalten. Tante Estela reichte mir ihr Taschentuch und dankte mir für meine Unterstützung. Sie sagte, ich wäre die einzige aus der ganzen Familie, die sie für diese Arbeit hätte gewinnen können, und ich wäre wohl die einzige, die ihre Arbeit dereinst fortführen könne. Ich habe das damals nicht ernst genommen. Ich hatte ihr ja nur ein wenig helfen wollen. Doch sie nahm es ernst, und nun ist es amtlich, dass ich in ihre Fußstapfen treten soll. Ich soll das Erbe in ihrem Sinne fortführen. Möchte sich jemand von euch bei mir bewerben? Ich könnte Hilfe gut gebrauchen.«

Am Kaffeetisch blieb es still. Keine sah sie mehr an, alle schauten in irgendeinen Winkel des Raumes oder zum Fenster hinaus. Keine Hand hob sich. Vicenta hatte das erwartet und dehnte die Kunstpause bewusst aus, bevor sie weiterredete.

»Allerdings warten wir auf die Bestätigung durch die Inquisition in Madrid und Valencia. Nach Meinung des Notars kann das zwei Jahre dauern. Erst danach wird das Testament rechtskräftig. Sollten die es missbilligen, könnt ihr euch vorstellen, was das nach sich zieht. Dann habe ich möglicherweise die Inquisitoren im Haus. Ihr wisst, was das bedeutet. Die stecken ihre Nasen in alles.«

Vicenta hatte das Thema geschickt gewechselt. Sie alle wussten, dass die spanische Inquisition unabhängig vom Heiligen Stuhl in Rom und der weltlichen Justiz operierte. Sie hatte ihre eigenen, schärferen Vorschriften als anderswo in der katholischen Welt. Sie wussten auch, dass jeder, der das Testament in Frage stellen würde, vom *Tribunal del Santo Oficio de la Inquisición* unter die Lupe genommen würde. Das war Abschreckung genug, denn jeder hatte mindestens einen Fleck auf der weißen Weste. Sie wussten, dass ihre Männer es mit dem Sakrament der Ehe nicht sehr genau nahmen. Dass aber bis zum Eintreffen der

Bestätigungen aus Madrid und Valencia die Frist der Anfechtung nach den weltlichen Gesetzen längst abgelaufen wäre, behielt sie klug für sich. Sie ließ ihre Gäste mit ihren Gedanken allein und bedeutete dem Hausmädchen mit einer Geste, noch eine Runde kalten Likörwein zu servieren. Ihre Cousine Margareta ergriff als Erste das Wort und stellte eine einfältige Frage.

»Was sagt dein Mann zu alldem?«

Das kam Vicenta gelegen, dankbar schaute sie Margareta an. Sie konnte das Thema Testament verlassen. Privates schien auf einmal viel wichtiger als juristische Winkelzüge. Margaretas Frage war naiv, denn sie alle wussten, dass Vicentas Ehe in einer tiefen Krise steckte. Aufmerksam warteten sie auf die Antwort.

»Oh, Phelipe steht voll hinter mir. Er unterstützt mich. Ich kann mich nicht beklagen. Nach dem Notartermin schenkte er mir Blumen, stellt euch vor!«

Von nun an verlief der Kaffeeplausch wie jeder andere, genau wie sie es erwartet hatte. Die Gespräche kreisten um die Untreue ihrer Männer, die Unzuverlässigkeit des Personals, die neueste Mode und um ihren Schmuck. Vicenta lehnte sich bequem zurück. Sie hatte ihrer Informationspflicht Genüge getan.

›Wie war ich, Tante Estela?‹

Zu gern hätte sie jetzt gewusst, was die jetzt denken würde.

Endlich hatte Aparicio einen Grund, Doña Vicenta wieder in die Kanzlei zu bitten. Er war vergnügt aufgestanden und hatte sich mit Sorgfalt seiner Morgentoilette gewidmet. Er wählte die engen roten Strümpfe, die seine Waden vorteilhaft betonten, und stieg in die neue bauschige, grauweiß gestreifte Kniebundhose. Er schlüpfte in das Hemd aus weißer Seide mit dem breiten Spitzenkragen, bevor er das gefütterte schwarze Wams anzog und die lange Knopfreihe schloss. Dann strich er vor dem Spiegel den breiten Hemdkragen über dem Wams glatt und fand, dass es gut aussah. Eigentlich entsprach die Halskrause der Mode seiner Zeit, aber er verabscheute den Faltenbalg aus gestärktem weißem Leinen. Er war unbequem und behinderte die

Kopfbewegungen. Mühlsteinkragen nannte er sie spöttisch. Den trug er nur zu Terminen bei Gericht. Dann schlüpfte er in die Halbschuhe mit den glänzenden Messingschnallen und begab sich in die Kanzlei.

Wieder und wieder sah er auf die schwere Standuhr gegenüber seinem Schreibtisch und erwartete ihre Ankunft.

›Aparicio, du bist ein verdammter Narr! Sie ist deine Klientin! Du hast doch sonst deine Gefühle stets unter Kontrolle. Du musst dich besser beherrschen. Sie ist immer noch eine verheiratete Frau.‹

Als der Sekretär ihr Eintreffen meldete, sprang er auf und ging ihr gut gelaunt entgegen. Er bat sie nicht, vor dem Schreibtisch Platz zu nehmen, sondern geleitete sie in die bequeme Sitzecke mit den schweren Lederfauteuils.

»Danke, dass Ihr so bald kommen konntet. Ich freue mich Euch zu sehen. Darf ich Euch Kaffee anbieten?«

Er konnte sich von ihrem Anblick kaum losreißen.

Doña Vicenta sah ihn forschend an.

›Er schmeichelt mir. Er scheint mich zu mögen. Doch er ist und bleibt mein Anwalt, auch wenn er sich heute sehr auffallend in Schale geworfen hat.‹

»Gern. Ich nehme eine Tasse. Ich vermute, Sie haben Nachricht von der Inquisition?«

Ihre kühle Sachlichkeit beförderte Aparicio augenblicklich in die Realität zurück.

»Exakt. Die beiden Schiedssprüche von Dr. Don Fermín Joseph de Charola, dem Apostolischen Inquisitor des Heiligen Amtes der Inquisition dieser Stadt und des Königs sowie vom Bischof von Teruel, Generalinquisitor und Mitglied des Rats seiner Majestät der Heiligen Generalinquisition in Madrid, sind vor wenigen Tagen eingetroffen, Doña Vicenta.«

Das geschäftige, fehlerfreie Herunterrappeln dieser Ansage brachte ihm seine Konzentration zurück. Er überreichte ihr die mit kunstvollen Schnörkeln unterzeichneten Dokumente.

»Es dauerte etwas länger als ursprünglich erwartet. Es gab eine Komplikation, die ich zu verantworten habe, Doña Vicenta. Ihr mögt mir bitte verzeihen. Ich hatte mir erlaubt, vorsorglich ein juristisches Gutachten einzuholen, das ich meinen beiden Gesuchen anfügte. Es bestätigt die Übereinstimmung des Testaments mit den Gesetzen von Aragón und Kastilien. Die Inquisition wertete das Gutachten jedoch als einen Affront, als Einmischung in ihre internen Angelegenheiten. Daraufhin machte sie den kapitalen Fehler, den Kronrat anzurufen, um eine Lösung in ihrem Sinne zu erzwingen. Sie bestand auf einem Anteil am Erbe. Ihr Einwand war auf so ungeschickte und plumpe Art formuliert, dass der Rat ihn abschmettern *musste*. Es war der Eindruck entstanden, die Kirche versuche, eine Art von Erbschaftssteuer zu institutionalisieren. Dazu ist sie keinesfalls befugt. Steuern sind Sache des Staates. Der Kronrat wies die Anrufung einstimmig in Bausch und Bogen zurück. So ging die Kirche leer aus. Ganz nebenbei haben die Vertreter der Kirche übersehen, dass eins der Ratsmitglieder eng mit den Borjas verwandt ist. Wie dem auch sei, das Testament ist jetzt rechtswirksam.«

»Heißt das, ich kann meine Arbeit jetzt aufnehmen?«

»So ist es. Wie ich hörte, ist Doña Estelas Testament das erste, das dem Kronrat zur Entscheidung vorgelegt wurde. Es wurde zum Politikum. Eure Tante hat Geschichte geschrieben. Bedenkt, welche Einnahmeverluste die Kirche künftig hinnehmen muss, wenn sich dieser Ratsspruch herumspricht. Denn dafür sorgen allein schon die Juristenverbände in ganz Spanien. In unserem Land brechen neue Zeiten an. Dennoch gestattet mir eine leise Mahnung zur Vorsicht. Denn die Kirche ist ziemlich verschnupft.«

»Eine Mahnung?«

»Die Inquisition schmollt. Sie ist mächtig und arglistig, und sie hat viele Informanten. Es wäre gut, Ihr könntet auf Euren Ehemann einwirken, seine - sagen wir mal - Eskapaden dezent auszuleben und alles zu vermeiden, was die Sittenwächter auf den Plan rufen könnte.«

»Ich werde mit ihm reden, Señor Aparicio. Wenngleich ich sagen muss, dass er sich in jüngster Zeit mir gegenüber höchst charmant benimmt.«

Aparicio horchte auf.

›Hieß das etwa, Don Phelipe beabsichtigt seine Ehe zu retten?‹

»Ich will mich nicht in Eure privaten Dinge einmischen, Doña Vicenta. Die gehen mich nichts an. Dies ist ein rein professioneller Ratschlag. Denn der Teufel ist ein Eichhörnchen.«

Wieder sah sie ihn forschend an.

Am Abend berichtete Doña Vicenta ihrem Mann. Phelipe hatte aufmerksam zugehört, aber er war sich nicht sicher, was sie wirklich bewegte. Hatte die Drohung Aparicios wirklich Substanz? Mischte er sich bereits in sein Privatleben ein? Wollte er den Keil noch tiefer in ihre Beziehung schlagen? Oder war das ein Friedensangebot Vicentas? Der Versuch, ihre Ehe wieder zu kitten?

»Wenn du verlangst, dass ich meine sogenannten Eskapaden einstelle, möchte ich wieder mit dir schlafen. Dann musst du deine ehelichen Pflichten erfüllen, Vicenta.«

»Erinnere mich nicht an meine Pflichten, Phelipe. Du hast deine Verpflichtung verletzt, mir treu zu sein. Bei dir bin ich nie sicher, wer insgeheim mitschläft. Ich habe nicht die Pflicht, mich auch noch bei dir anzustecken. Wer weiß, mit wem du es vorher getrieben hast? Ich habe ziemlich grässliche Krankheiten gesehen. Und eine Frau schützt immer zuerst ihren Körper.«

»Du hast noch nie Freude an meinen Umarmungen gezeigt, wie ich sie von anderen Frauen kenne. Bist du frigide?«

»Deine Erfahrungen mit anderen Frauen interessieren mich nicht. Vielleicht spielen sie dir etwas vor. Überhaupt, es ist überaus beleidigend, so mit mir zu reden!«

»Mag sein. Aber was geht das die Inquisition an? Soweit wie alle wissen, wird das sechste Gebot, du sollst nicht ehebrechen, wohl am wenigsten verfolgt. Reicht es nicht, dass wir beichten?«

Vicenta lachte auf.

»Ich habe in diesem Punkt nichts zu beichten. Aber wann hast *du* zum letzten Mal einen Beichtstuhl von innen gesehen?«

Phelipe sah sie schräg an.

»Die Beichte hilft jedem, sein oder ihr Gewissen zu erleichtern und Absolution zu erhalten, Phelipe. Die Inquisition ist für das Ganze da. Durch sie wurde Spanien wieder ein katholisches Land ...«

»... und dabei hat sie die geistige Elite und die Finanzgenies aus dem Lande gejagt, die Juden. Sie hat die maurischen Handwerker, Bauern und die Experten für Bewässerung vertrieben. Wir haben uns bis heute nicht davon erholt.«

»Sie verfolgt alle, die der Kirche Schaden zufügen oder die, von denen sie das meint.«

»Ich füge doch der Kirche keinen Schaden zu, Vicenta.«

»Hörst du mir überhaupt zu? Die Kirche fühlt sich durch Tante Estela brüskiert, weil sie sie nicht an ihrem Nachlass beteiligt hat. Es besteht die ernste Befürchtung, sie könnte ihre Verstimmung auf die Erben übertragen ...«

»... es ist dein Erbe.«

»Aparicio argwöhnt, sie könnte die Inquisition einsetzen, um uns oder dir unchristliches Verhalten vorzuwerfen. Es ist bisher nur eine Vermutung, und er hat mich nur gewarnt. Du weißt genau wie ich, Religion ist Macht. Und wenn man die Mächtigen gegen sich aufbringt, zeigen sie Muskeln.«

»Und was machen sie in solch einem Fall?«

»Überführten Sündern entziehen sie das Vermögen, und je nach Schwere ihrer Taten werden sie bestraft. Du weißt genau, was das nach sich zieht. Verhaftung, Verhöre, du hast keinen Verteidiger, du wirst den Zeugen nicht gegenübergestellt, du bist ohne jede Chance. Die Inquisition hat ihr eigenes Recht. Wenn sie einen verurteilt, lassen sie ihn oder sie von der weltlichen Macht in den Turm sperren oder Schlimmeres.«

»Dann muss man aber schon ein Ketzer sein.«

»Sie stempeln einen sehr schnell zum Ketzer.«

Phelipe hörte ihr aufmerksam und nachdenklich zu.

»Mich stempelt keiner zum Ketzer. Ich bin viel unterwegs, vor allem im Hafen. Ich kümmere mich um meine Importe aus der Neuen Welt, Edelmetalle, tropische Hölzer, exotische Gewürze, Kaffee und

Rohrzucker. Ich bin in den Sklavenhandel von Afrika in die Karibik eingestiegen, alles völlig legal und im Sinne der *Santa Ecclesia*. Und die Möglichkeiten der Zerstreuung sind im Hafen einfach großartig. Dort findest du einfach alles. Außer Pfaffen und Inquisitoren. Es sei denn, die armen ausgehungerten Schlucker wollen selbst ein wenig Spaß haben. Mach dir keine Sorgen, dort wird mich niemand denunzieren.«

»Du bist zynisch.«

»Ich bin Realist. Die Kirche wird die Menschen nie völlig nach ihren Normen erziehen können. Sie muss ihnen Freiräume lassen, weil es anders nicht geht. Die nutze ich für mich. Du bekommst von mir keinen Ärger. Aber danke für die Warnung. Wer von uns eher in den Fokus den Inquisition gerät, bist du. Mein Wort darauf. Du stehst ab jetzt, Doña Estela sei Dank, im Rampenlicht. Wenn sie nichts finden, hilft jemand nach. Die Leute reden. Genau wie damals im Fall der Dame mit dem roten Haar. Damals warst du meine Inquisition. Du erinnerst dich?«

»Jetzt wirst du melodramatisch. Das steht dir gar nicht. Denk einfach darüber nach und verhalte dich angepasst. Dann haben du und ich von der Inquisition nicht das Geringste zu befürchten.«

Phelipe schwieg.

›Verdammte Inquisition‹, dachte er. ›Wie eine Krake hat sie ihre Fangarme überall. Doch wenn man seine Feinde nicht besiegen kann, soll man sich mit ihnen arrangieren.‹

Aparicio drückte die Klinke mit dem Ellenbogen herunter und öffnete die Tür mit der Hüfte. In den Händen hielt er ein Tablett mit zwei Tassen Kaffee und einer Gebäckschale. Einer seiner Sekretäre kam zufällig vorbei und wollte ihm zu Hilfe eilen, doch Aparicio war bereits in der Tür. Der Angestellte hob erstaunt eine Augenbraue und ging kopfschüttelnd weiter. Gewöhnlich servierte die *muchacha* den Kaffee, nicht der Chef.

»Ihr solltet eine Pause machen, Doña Vicenta. Ihr arbeitet zu viel. Das ist schlecht für die Konzentration. In einer Stunde ist Zeit für die *siesta*. Darf ich Euch zum Mittagessen einladen?«

Er stellte das Tablett ab, reichte ihr eine Tasse hin, hielt seine in der Hand und setzte sich ihr gegenüber. Sie drückte ihren Rücken durch und dehnte ihre Schultern.

»Verzeihen Sie. Ich bin ganz steif vom langen Sitzen. Wenn wir vorher einen kleinen *paseo* machen könnten, nehme ich Ihre Einladung an. Ich hätte gern etwas Bewegung.«

»Selbstverständlich! Eure Tante und ich pflegten viele Dinge an der frischen Luft zu diskutieren. Die Gedanken werden beim Gehen im Freien einfacher und klarer. Irgendwo steht noch ein Schirm von ihr gegen die Mittagssonne. Ich hole Euch in einer Stunde ab.«

Er stellte seine leere Tasse auf das Tablett und ging in sein Büro zurück.

Es war ihre erste Woche in der Kanzlei. Guillermo Aparicio hatte ihr einen kleinen Büroraum eingerichtet und alle Dokumente, die sich im Laufe der langen Zusammenarbeit mit Doña Estela angesammelt hatten, auf einen Stapel getürmt. Sie hatte begonnen, sich systematisch durch die vielen Unterlagen hindurchzuarbeiten, eine Übersicht über Kapitalanlagen, Fälligkeiten von Forderungen und Verbindlichkeiten und Termine, herzustellen, und sie notierte sich Einzelheiten. Sie hatte den Ehrgeiz, sich in die Materie einzuarbeiten. Sie wollte eines Tages so unabhängig entscheiden, wie Estela es getan hatte. Dazu brauchte sie detaillierte Kenntnisse.

Aparicio hatte anfangs gezögert, hatte gehofft, diese Aufgabe an sich zu ziehen, sich unentbehrlich zu machen. Aber er konnte sich dem Wunsch seiner Mandantin nicht verweigern und begann, es positiv zu sehen. Schließlich hatte ihn die Vorstellung gereizt, Vicenta künftig öfter in seiner Nähe zu haben. Er empfand Zuneigung zu dieser Frau, auch wenn sie eine Dame von Stand war, und eigentlich für ihn völlig unerreichbar.

Sie hatten den plätschernden San-Luis-Brunnen passiert, querten die *Plaza de San Francisco* und bogen in die *Calle de Barcelonino* ein. Im kühlen Schatten der Palmen warteten Kutscher in ihren Droschken gelangweilt auf Fahrgäste oder machten sich am Zaumzeug ihrer

Pferde zu schaffen. Vicenta klappte den Schirm ein und hakte sich bei Aparicio unter. Sie betraten sein Stammrestaurant, dessen Besitzer ihnen beflissen entgegenkam.

»Señor Aparicio, *muy buenos días*! Schön, Sie heute zu sehen. Ich habe Ihren Lieblingstisch freigehalten, direkt am Fenster.«

»Danke, Enrique. Das ist Doña Vicenta, Doña Estelas Nichte.«

Der Besitzer beugte sich galant über Vicentas Hand.

»Mein aufrichtiges Beileid. Wir vermissen Doña Estela. Unsere *mozos* haben sie gelegentlich gefürchtet. Sie konnte sehr kritisch sein und sehr - direkt. Aber sie hat auch mit Anerkennung und Trinkgeld nicht gespart, wenn sie zufrieden war. Wie ich höre, tretet Ihr die Nachfolge eurer Tante an?«

»Enrique!«

Aparicio sah ihn zurechtweisend an.

»*Perdóneme*, Señor Aparicio. Ich wollte nicht indiskret sein.«

Er führte sie zu ihrem Tisch und schob galant Vicentas Stuhl in Position.

»Wir haben einen wunderbar leichten Weißwein aus der Region Alicante für Sie kühl gestellt. Liegt in über zweitausend Fuß Höhe, da können sich die Reben in den kalten Nächten wunderbar erholen. Das kommt den Trauben zugute. Und wenn der Winzer sein Handwerk versteht … Ihr werdet mir sicher zustimmen. Übrigens reift dieser Wein in Tongefäßen, die in den Boden eingelassen sind. Wie bei den Römern.«

Enrique nahm die Bestellung auf und entfernte sich. Durch das offene Fenster sahen sie die Passanten vorüberflanieren, die Palmen hielten das Sonnenlicht ab, es war angenehm kühl.

»Ich kann verstehen, dass dies Ihr Lieblingstisch ist. Was ich aber nicht verstehe: Ich bin das erste Mal hier, und der Besitzer behandelt mich wie eine alte Bekannte. Sie betonen immer Ihre professionelle Verschwiegenheit. Gilt die hier nicht?«

»Ich komme seit Jahren hierher, aber Enrique gegenüber habe ich nicht ein Wort über meine Arbeit verloren. Auch Eure Tante war oft hier. Sie liebte die Küche. Es dauerte nicht lange, da wusste Enrique, wer sie war. Durch ihr soziales Engagement war sie in der ganzen Stadt bekannt. Oft winkten ihr wildfremde Menschen von draußen zu, als sie auf Eurem Stuhl saß. Wertet Enriques plumpe Vertraulichkeit bitte als Sympathievorschuss eines einfachen Mannes.«

Vicenta war nachdenklich. Sie hatte die Popularität ihrer Tante in der Öffentlichkeit schon länger bemerkt. Sie hatte das immer als selbstverständlich betrachtet

. Doch dass die auf sie selbst übergehen würde, hatte sie nicht einen Augenblick bedacht.

›Ich bin viel zu jung, um eine Persönlichkeit wie Tante Estela zu sein. Ob ich es je werde, ist eine ganz andere Frage. Aber will ich das? Nein! Ein Mensch ist einmalig, nicht wiederholbar. Ich bin ich. Dieses Erbe ist eine einzigartige Herausforderung, die mich prägen wird. Erst wenn ich das bewältigt habe und nicht daran scheitere, habe ich etwas Popularität verdient. Keinen Tag früher.‹

Sie sprach wenig während des Essens. Als sie wieder in die Kanzlei zurückgingen, hielt sie sich eine Spur fester an seinem Arm, beobachtete verstohlen die Passanten und hoffte, nicht erkannt zu werden. Es war gut, ihn neben sich zu haben. Wurden sie gegrüßt, redete sie sich ein, es galt ihm. Ihn schien hier jeder zu kennen.

Das Jahr 1758 stand unter keinem guten Stern. Die Folgen des gewaltigen Erdbebens waren noch zu spüren, das vor drei Jahren am Allerheiligentag mit einem Großbrand und einer Flutwelle fast ganz Lissabon zerstört hatte. Auch in Spanien war es zu spüren gewesen, wenn auch weniger zerstörerisch. Viele Häuser und Gebäude waren beschädigt worden. Führende Geistliche sahen darin eine Gottesstrafe und suchten die Ursache im Fehlverhalten der Menschen. Für sie war es eine Frage der Schuld. Die Sünder mussten ermittelt, gefasst und bestraft werden. Doch erstmals stellten sich weltliche Philosophen die Frage, wie ein gütiger Gott ein solches Desaster zulassen konnte. Oder war die Ursache vielmehr natürlicher Art? Ein Konstruktionsfehler des Planeten? War Gottes Schöpfung nicht ganz perfekt? Das Monopol der Kirche, die Welt zu erklären, geriet ins Wanken. Die noch junge

Naturwissenschaft suchte nach verständlichen Erklärungen. Und sie suchte nach Möglichkeiten, die verheerenden Folgen von Beben zu verkleinern, wenn sie natürlichen Ursprungs waren und sich jederzeit wiederholen konnten.

Die Gemahlin des spanischen Monarchen, Maria Bárbara von Portugal, war von diesem Ereignis tief getroffen gewesen. Sie starb noch im Jahr des Erdbebens. König Ferdinand VI. war durch ihren Tod tief erschüttert und zog sich von den Staatsgeschäften völlig zurück. Er fiel in Depressionen und allmählich sogar in geistigen Verfall. Monate später starb er auf seinem Landsitz in *Villaviciosa de Odón*.

Die gemeinsamen Mittagessen des Anwalts und seiner Klientin gediehen zu einer angenehmen Gewohnheit. Das gut aussehende Paar war bald stadtbekannt in den gehobenen Restaurants von Valencia. Vicenta nutzte die Gelegenheit, sich von Aparicio Fragen beantworten zu lassen, die sich beim Studium der Unterlagen im Büro ergaben. Mit der nahm die Zahl der offenen Fragen ab, je tiefer sie sich in den Stoff einarbeitete, und ihre Gespräche wechselten zu anderen Themen.

Wieder saßen sie bei Enrique am Fenster.

»Darf ich Ihnen eine persönliche Frage stellen, Señor Aparicio?«

»Nur zu! Ihr könnt mich allerdings nicht zwingen sie auch zu beantworten.«

»Sie haben mir noch nie von Ihrer Frau erzählt oder von Ihren Kindern. Ist das zu persönlich?«

Aparicio zögerte. Diese Frage hatte er nicht erwartet. Sie hatten stets vermieden, das Terrain sachlicher oder allgemeiner Themen zu verlassen. Sie hatten die feine Grenze zum Privaten respektiert. Er dachte nach.

›Fragt sie das aus weiblicher Neugier oder aus echtem Interesse an dem Menschen Aparicio hinter dem Rechtsberater?‹

Er sah aus dem Fenster auf eine blühende Jacaranda aus Peru mit ihren fein gefiederten Blättern, als könne er den Grund in den blauen Trompetenblüten lesen. Dann sah er sie an.

»Nicht Eure Frage ist persönlich, sondern meine Antwort. Da gibt es nichts zu erzählen, denn ich habe keine Frau und keine Kinder. Ich stamme aus einfachen Verhältnissen. Mein Vater war Schneider. Er brachte mir bei, mich ordentlich zu kleiden. Als er feststellte, dass ich zum Schneider nicht tauge, hat er sich mein Studium vom Munde abgespart. Ich schuldete ihm, daraus einen Erfolg zu machen. Mit viel Arbeit habe ich die Kanzlei aufgebaut, da kam das Privatleben zu kurz. Als Anwalt und Notar habe ich viele menschliche Tragödien begleitet, dass mir die Romantik der Liebe ein bisschen verlustig ging. Zuweilen denke ich, diese oder jene Ehe hätte nie geschlossen werden sollen. Doch wie kamen sie zustande? Einige durch Gefühlsduselei, die man Liebe nennt, andere wurden von den Familien arrangiert, um das Vermögen zu arrondieren, wieder andere dienten gezielt dem sozialen Aufstieg eines der beiden Ehepartner. Liebe, Ehrgeiz und Gier sind die Ecken eines Dreiecks, in dem sich alles abspielt. Der Mensch wird meistens durch Gefühle gesteuert, der Verstand muss die getroffenen Entscheidungen hernach begründen oder revidieren. Wisst Ihr, wir Juristen wühlen in den Fehlern anderer herum. Das ist meistens wenig erfreulich, mitunter gruselig.«

Vicenta schwieg einen Moment betroffen.

»Oh, ich hätte lieber nicht fragen sollen. Es tut mir leid. Da ging meine weibliche Neugier mit mir durch. Aber Sie haben doch auch Gefühle. Haben Sie die so eisern unter Kontrolle?«

»Wir leben in einer Epoche, in der die Vernunft alle Dinge zu durchdringen beginnt. Große Geister erklären die Welt neu. Locke in England, Montesquieu und Voltaire bei den Franzosen, Lessing und Kant in Deutschland und Baruch Spinoza, ein Ableger sephardischer Juden, in den Niederlanden. Nur hier in Spanien hat sich das noch keiner gewagt. Wohl aus Angst vor der Inquisition.«

»Schon wieder das Heilige Offizium! Sie haben mir schon einmal Angst damit eingejagt.«

»Es sind alte Zöpfe. Keiner traut sich, die Schere in die Hand zu nehmen, um sie endlich abzuschneiden. Spanien hinkt hinterher und schaut ängstlich auf die deutschen Länder, vor allem unsere Kirche.

Vor gut hundert Jahren, im Frieden von Münster 1648, hat dort die katholische Kirche ihre Vorrechte verloren. Sie muss seitdem mit den Protestanten teilen und wurde aus der Politik verdrängt. Das tut ihr weh. Die spanische Kirche zittert, die Jesuiten reden sich um Kopf und Kragen, und die Inquisition bäumt sich noch einmal auf. Noch sollte man vor ihr auf der Hut sein. Aber das wird sich ändern. Ich vertraue fest auf unsere bourbonischen Könige. Denen liegt das aufgeklärte Frankreich geistig näher als das traditionelle Spanien. Karl III. wird bald den Thron besteigen. Ihm ist modernes Denken zu Eigen. Noch regiert er in Sizilien und hat dort einiges bewirkt. Warten Sie ab!«

»Ich bewundere, wie klug Sie das Thema von meiner indiskreten Frage auf das Zeitgeschehen lenken. Lernt man das in der Juristerei?«

»Auch. Wir machen oft den Fehler, einen kleinen Sachverhalt weitschweifig zu erklären. Ihr habt gefragt, ob ich Gefühle habe. Aber natürlich, Doña Vicenta! Ich versuche nur, mein Handeln nicht von ihnen bestimmen zu lassen. Das ist leider nicht immer einfach.«

Er griff nach ihrer Hand. Sie erwiderte sanft seinen Druck.

»Besonders wenn ich Euch gegenüber sitze.«

»Nennen Sie mich einfach Vicenta und lassen Sie bitte diesen altmodischen Titel weg.«

Er führte ihre Hand zum Mund und küsste sie zart.

»Sehen Sie, so ist das. Jetzt möchte ich mich ohne Wenn und Aber in mein Gefühl fallen lassen, doch mein Kopf signalisiert mir: Lass es sein! Sie ist von hohem Stand und verheiratet.«

»Dazu katholisch. Unlösbar.«

»Denunzieren Sie mich jetzt bei der Inquisition, Vicenta?«

»Wenn ich dafür einen Orden bekomme …«

Sie lachten.

»Die Inquisition verleiht keine Orden. Sie verhängt nur Strafen. Gelobt wird bei denen nicht.«

Enrique, der zufällig vorbeiging, schmunzelte und wandte sich dezent zur Seite.

Die gemeinsamen Mittagessen seiner Frau mit Aparicio blieben Don Phelipe nicht verborgen. Das charmante Paar erregte Aufsehen, die intensiven Gespräche strahlten Sympathie aus, ein gedankliches Miteinander. Die Leute drehten sich nach ihnen um und redeten über die anziehende Erscheinung der beiden. Im Handumdrehen waren ihre Namen bekannt, und nichts verbreitet sich so rasend schnell wie eine genüsslich ausgeschmückte und mit Mutmaßungen angereicherte Halbwahrheit. Der Gedanke, seine Frau könnte ihm Hörner aufsetzen, war ihm unerträglich. War es bereits passiert? Er fürchtete sich vor dem beißenden Spott seiner Freunde.

Bald sah sich Don Phelipe den verdeckten Warnungen seiner ›wohlmeinenden‹ Bekannten ausgesetzt, seine Frau wolle mit dem Rechtsverdreher und ihrem Erbe durchbrennen. Natürlich wischte er solche Gedanken anfänglich mit einem burschikosen Lachen beiseite. Und doch blieb etwas von ihnen haften und setzte sich langsam in seinen Gedanken fest. Diese Möglichkeit musste verhindert werden. Aber wie? Phelipe begann nachzudenken, erwartete einen spontanen Gedankenblitz. Irgendwann würde ihm etwas einfallen. Nichts durfte überstürzt werden, es war nur eine Frage der Zeit. Den klugen Einfall, seine Frau auf die Gerüchte direkt anzusprechen, hatte er ein paar Wochen später. Zu spät, denn seine Gedanken waren bereits vergiftet.

»Ich wünsche, dass du hier im Haus ein Büro einrichtest, in dem du künftig arbeiten wirst«, forderte er bestimmend.

»Dass du dich in dieser Kanzlei vergräbst, ist unangemessen und deiner nicht würdig. Am Mittag flanierst du am Arm dieses Anwalts durch die Stadt. Ihr unterhaltet euch angeregt, als wärt ihr ein Paar. Jetzt bist *du* es, über die sich die Leute die Mäuler zerreißen. Der Mann ist unverheiratet und küsst dir in aller Öffentlichkeit die Hand. In der *Calle de Barcelonino* haben euch die Leute beobachtet. Willst du mich zum Hahnrei machen?«

»Lässt du mich bespitzeln?«

»Dessen bedarf es nicht. Ihr zeigt euch in der Öffentlichkeit und flirtet am offenen Fenster.«

»Bist du etwa eifersüchtig? Wir haben keine Heimlichkeiten. Wir brauchen uns vor niemandem zu verstecken, wenn wir uns kultiviert miteinander unterhalten.«

Phelipe ging nicht darauf ein, und Vicenta machte sich keine Mühe, etwas zu dementieren, wo es nichts zu dementieren gab.

›Wer sich verteidigt, klagt sich an‹, dachte sie.

»Deine Idee mit dem Büro finde ich gut. Das mache ich. Das schließt aber nicht aus, dass ich ab und zu in Aparicios Kanzlei muss. Er bewahrt dort wichtige Dokumente auf, die seine Büroräume nicht verlassen dürfen.«

Ihre Aufenthalte in der Kanzlei waren für sie vorn vornherein nur als Zwischenlösung gedacht, um sich an Ort und Stelle in alle Unterlagen einzulesen und Fragen schnell beantwortet zu bekommen. Sie hatte schon lange zuvor ein Zimmer im Haus für ein eigenes Büro ausgesucht.

›Gut, dass Phelipe dieselbe Idee hatte.‹

»Bring alle Unterlagen hierher, die du zur Arbeit brauchst und reduziere die Besuche in der Kanzlei auf ein Minimum.«

»Selbstverständlich, mein Herr und Gebieter.«

Mit spöttischer Miene hatte sie ihm den Wind aus den Segeln genommen. Dass sie so schnell einlenken würde, hatte Phelipe nicht erwartet. Nun hatte er obendrein ein Argument an der Hand, mit dem er das Gerede des Leute beenden konnte.

›Vielleicht ist an den Gerüchten weniger dran, als die Leute hineindeuten. Warten wir es ab‹, dachte er.

Aparicio besuchte Vicenta zuhause in ihrem neuen Büro.

»Schön haben Sie es hier. Es ist viel heller und hübscher als der kleine Raum, den ich Ihnen in meiner Kanzlei anbieten konnte.«

Er meinte das vordergründig ehrlich. In Wirklichkeit vermisste er sie in seiner Nähe. Die gemeinsamen Mittagspausen und Besuche der Restaurants in der Umgebung gab es nur noch gelegentlich, was er sehr bedauerte.

»Es ist wichtig, dass wir uns heute treffen. Wir haben einen Ihrer Pächter verloren. Sie werden Manuel Benítez nicht kennen, Vicenta. Er ist schwer erkrankt und kann die Felder seit Monaten nicht mehr bestellen. Nun ersucht er um vorzeitige Auflösung des Pachtvertrages. Sie können seinem Wunsch getrost zustimmen, denn wir haben bereits einen geeigneten Nachfolger gefunden.«

»Wer ist wir, Guillermo?«

»Das Grundstück liegt in der Ortschaft Borbotó, am Ausgang nach Viñaza. Ich kenne den *alcalde*. Er möchte vermeiden, dass die Grundstücke verwildern und sich langsam Unkraut auf die Felder der Nachbarn aussät. Das bringt nur Unfrieden in die Gemeinschaft. Um die lückenlose Nutzung der Flächen zu sichern, hat er sich nach einem Nachfolger umgesehen. Mit Erfolg. Der mögliche Pächter möchte das Grundstück nächste Woche besichtigen. Kommen Sie selbst oder sollte Don Phelipe das für Sie machen? «

»Ich denke, das ist wohl Männersache. Ich werde Don Phelipe bitten, das für mich zu erledigen.«

»Wenn Sie einverstanden sind, leite ich alles in die Wege.«

»Brauchen Sie wieder eine Ihrer üblichen Vollmachten? Ist dies der Grund Ihres Besuches, oder gibt es einen zweiten?«

Sie sah ihn mit femininer Ausstrahlung herausfordernd an. Jetzt hätte sie gern etwas Schmeichelhaftes gehört, das ihr gut tun würde.

»Ihre Generalvollmacht reicht vollkommen, aber in so einer wichtigen Angelegenheit sollten Sie persönlich entscheiden. Und, nun ja, ich gebe zu, ich wollte Sie wiedersehen. Ihre charmante Gesellschaft während der Mittagessen fehlt mir sehr.«

Sie lächelte. Genau dies hatte sie hören wollen. Dann fragte sie kokett provozierend:

»Sagt das Ihr Verstand oder Ihr Gefühl?«

Aparicio wich aus und grinste.

»Ich verweigere die Aussage.«

»Das wird zu Protokoll genommen, Herr Anwalt.«

»Sehr wohl, Euer Gnaden.«

Sie lachten beide.

»Ehrlich, Guillermo, auch mir fehlen diese angenehmen Stunden. Wir haben uns immer gut unterhalten. Was spricht dagegen, unsere Tradition weiter zu pflegen?«

»Aber es war Don Phelipes Wunsch, dass Sie …«

»… dass wir nicht mehr zusammen essen dürfen? Nein, das ist es nicht. Ihn störten die vielen Stunden in Ihrem Büro. Wir hätten ja sonst etwas tun können. Wer weiß, was ihm die Leute ins Ohr gesetzt haben. Lassen Sie das ruhig meine Sorge sein. Wir leben in der Zeit der Aufklärung. Ihre Worte! Gegen regelmäßige Arbeitsessen ist nichts einzuwenden. Absolut gar nichts.«

»Wie bitte? *Was* soll ich in Viñaza? Das ist sicher nicht dein Ernst. Ich soll wildfremden Leuten unser Land zeigen?«

»Es ist mein Land, Phelipe. Und diese Leute beabsichtigen es zu pachten. Ich bitte dich, als mein gesetzlicher Vertreter dort zugegen zu sein. Letzten Endes musst du auch den Pachtvertrag unterschreiben. Das Gesetz will es so. Ich sehe mir meine Ländereien später an. Bitte hole auf dem Weg Señor Aparicio ab. Er wird in seinem Büro auf dich warten. Er wird die Gespräche mit den Bewerbern führen.«

»Du hast alles über meinen Kopf hinweg entschieden? Habe ich hier noch etwas zu sagen? Ich werde nicht zulassen, dass du das Land verpachtest, ich möchte, dass du es verkaufst. Es ist jetzt unseres, äh, deines, und wir können damit tun, was wir wollen.«

»Was *ich* will! Sicherlich hast du dir bereits Gedanken über die Verwendung des Erlöses gemacht. Habe ich Recht?«

»Ganz sicher nicht. Ich hatte keine Ahnung von deinen einsamen Entschlüssen. Aber du kannst das Geld in mein Geschäft investieren. Ich verkaufe dir Anteile mit erstklassiger Verzinsung.«

»Sitzt du in der Klemme? Brauchst du frisches Geld? Wenn ich in dein Geschäft investieren *wollte*, müsste Aparicio die Bonität deines Geschäfts prüfen. Selbst wenn ich die Ländereien oder Teile davon zu Geld machen *könnte*, würde ich es mir dreimal überlegen. Land bleibt Land, und Geld ist flüchtig. Deine Geschäfte sind nicht ganz frei von Risiko. Die Gefahr von Verlusten ist viel zu groß. Weißt du, ein Erbe muss man sich erst einmal erarbeiten, um es zu behalten und um ihm würdig zu sein. Erst dann sichert es die Kontinuität der Familie.«

»Du und deine großartige Familie! Was habt ihr von dem Land?«

»Eine sichere Basis und ein regelmäßiges Einkommen.«

»Was ist mit der Kontinuität? Wir haben keine Kinder weil du frigide bist. An wen wird das Erbe eines Tages weitergegeben?«

»Siehst du, genau das ist der Punkt. Obschon Tante Estela keine Kinder hatte, bleibt alles in der Familie und fällt nicht der Krone in den Schoß. Nun ist es meine Aufgabe, es zu bewahren und von den Überschüssen, Pachteinnahmen und Zinsen wohltätige Projekte zu finanzieren. Ein Verkauf steht weder zur Diskussion, noch ist er denn möglich. Wie du wissen solltest, bin ich vertraglich gebunden.«

»Du hast ohne mein Wissen Verträge abgeschlossen? Dass ich nicht lache. Die sind ohne meine Unterschrift nun mal nicht gültig, meine Teuerste. Du kennst doch die Gesetze.«

»Du weißt, es sind Estelas Verträge.«

»Die ist tot.«

»Ich hatte erwartet, du hättest das Testament gründlich gelesen, als du dessen Annahme unterzeichnetest. Es steht alles da drin. Das hast du offenbar nicht. Also gut, wenn du nicht willst, bitte ich Señor Aparicio, als mein gesetzlicher Vertreter im Sinne des Testaments zu handeln. Dazu benötige ich deine Zustimmung nicht. Aparicio führt dann nur aus, was das Testament verfügt. Das ist seine Aufgabe, nicht mehr und nicht weniger.«

Widerwillig gestand sich Phelipe ein, dass er den Inhalt Estelas Testaments überhaupt nicht kannte. Juristische Texte waren nie seine Stärke gewesen. Und sich von diesem Anwalt vertreten zu lassen, kam für ihn nicht in Frage.

»Gut, ich fahre. Nicht aus Überzeugung, sondern weil es meine gesetzliche Pflicht ist.«

Er fühlte sich in seinem Stolz verletzt. Er wollte sich nicht zum Büttel der Familie Darder de Borja y Ginart machen lassen, schon gar nicht von seiner Frau. Diese Erniedrigung wollte er nicht hinnehmen.

›Ich werde einen Weg finden, ihr das heimzuzahlen.

Joseph Beltrán war einfacher Bauer aus Borbotó draußen vor den Mauern der Stadt. Dort besaß er ein Stück Land. Er hatte Gemüse, Obst und Hühner auf der *Plaza de Mercado* in Valencia angeboten. Sein Standnachbar stammte aus demselben Ort. Es war Rafael Ibáñez, den sie zum *alcalde* gewählt hatten, weil der lesen und schreiben konnte und vor vielen Jahren ein paar Semester Jura studiert hatte. Jetzt war der Markt geschlossen. Sie hatten ihre Stände zusammengeklappt und sich in einer der Bodegas zwei oder drei Gläser *Fino* genehmigt, bevor Joseph den Heimweg antrat. Rafa, wie der *alcalde* kurz gerufen wurde, hatte noch in der Stadt zu tun.

»Alles ist verkauft! So gut waren die Zeiten lange nicht.«

»Stimmt! Den Leuten sitzt das Geld locker. Du könntest noch viel mehr verkaufen, wenn du mehr Land hättest. Joseph, du solltest Land dazu pachten. Dann kannst du mehr produzieren.«

»Wo soll ich Land pachten? Bei uns ist alles belegt. Und ich möchte Borbotó nicht verlassen.«

»Das brauchst du nicht. Ich hätte da was für dich.«

»Redest du von Manuel Benítez? Dessen Pacht läuft noch einige Jahre.«

»Wohl wahr. Aber er kann es nicht mehr bewirtschaften. Er möchte vorzeitig aus dem Vertrag aussteigen. Zufällig kenne ich den Notar der Landbesitzer. Soll ich dich als neuen Pächter vorschlagen?«

»Ich wäre nicht abgeneigt, wenn die Pacht stimmt. Aber vorher muss ich noch Juana davon überzeugen.«

»Mach das! Ich rede derweil mit dem Notar. Wir könnten uns das Land nächste Woche gemeinsam ansehen. Ist guter Boden.«

»Wie überall in der *Huerta de Valencia.*«

»Mach's gut! Wir sehen uns.«

Sie verließen die Bodega. Joseph packte seine Sachen zusammen, nahm seinem Esel den Hafersack vom Kopf und spannte ihn vor den Karren. Bedächtig führte er ihn durch die engen Gassen. Er überlegte, wie er seine Frau überreden könnte, zusätzliches Land zu pachten. Sie war mit ihrem Leben zufrieden, so wie es war. Mehr Land hieße mehr Arbeit, mehr Sorgen, mehr Ärger.

›Das wird schwierig‹, sinnierte er.

Er führte den Grauen durch die enge *Calle Salvador Ginart* und erreichte bald die Stadtmauer. Am Neuen Tor, der *Porta Nueva*, hatten Händler ihre Stände aufgebaut, um den Bauern mit allerlei Ware einen Teil ihrer Einnahmen wieder abzuluchsen. Ein älterer Mann lehnte an der mächtigen Mauer und bot allerlei Schmuck an.

›Das ist es! ich bringe Juana ein Geschenk mit.‹

Vor dem Mann stand ein winziger Tisch, auf dem er ein paar Stücken ausstellte. Joseph suchte sich ein Exemplar aus und begann, kräftig zu handeln, bevor er kaufte. Gut gelaunt setzte er seinen Weg fort.

Die Sonne stand tief. Es war schon Nachmittag, und Joseph Beltrán hatte die Stadt weit hinter sich gelassen. Der zottige Graue zog den Karren über den staubigen Weg. Er kannte die Route. Blasiert setzte er seine Hufe auf den ausgetretenen Pfad, als hätte er Besseres verdient. Die Lederriemen knarzten rhythmisch. Sein Kopf schwang auf und ab, im Vergleich zum Rumpf schien er viel zu groß. Joseph war guter Dinge. Ab und zu kickte er einen Stein zur Seite. Während er Pläne schmiedete, gab sein Mund Musikalisches von sich. Welche Melodie er auch in der Stadt aufgeschnappt hatte und beim Gehen laut singend wiedergab, seine Darbietung machte sie unkenntlich.

Die zwei *leguas* vom Markt nach Hause schaffte der Esel mit dem leeren Karren in unter zwei Stunden, denn das Gelände war flach. Weit im Westen schimmerten die Berge im blauen Dunst. Dahinter erstreckten sich die *meseta* und das Königreich Kastilien. Jeder Fuß der fruchtbaren, braunen Erde war mit Gemüsefeldern, Olivenplantagen und Orangenhainen bedeckt. Joseph grüßte mal nach links, mal nach rechts. Die Bauern kannten sich. Wie oft hatten sie schon zusammen gepflügt, gesät und geerntet.

Zwar besaß Joseph sein eigenes Land, doch wenn ihm die Zeit reichte oder das Geld knapp wurde, verdingte er sich als Tagelöhner auf den *Haciendas* der Großgrundbesitzer oder bei den *Hidalgos*, deren Vorfahren während der *reconquista* von den katholischen Königen als

Lohn für ihren Truppendienst mit Land abgefunden worden waren, das zuvor einem maurischen Besitzer gehört hatte. Den kargen Lohn konnte er immer gut gebrauchen. Markttage waren für ihn Ausgleich und Entspannung. Er freute sich über seinen knappen Hektar. Die das nicht hatten, konnten auch nicht auf den Markt. Mit Stolz erwiderte er die Bemerkungen der Anderen.

»Gehst wieder spazieren, während wir schuften müssen, he?«

»Du solltest mich mit Don José anreden. Weißt du nicht, wer ich bin? Lass mich ziehen. Ich muss mich noch um meine Ländereien kümmern.«

Jedes Mal lachten sie über seinen schrulligen Scherz. Sie waren gute *compañeros* und wussten nur zu genau, dass sein kleines Stück Erde gerade ihn, seine Frau und seinen Sohn ernährte, zu wenig, um die Beltráns zur »anderen Seite« zu zählen. Nein! Er war kein *hidalgo* und kein Großgrundbesitzer. Er blieb einer von ihnen.

Den Rest des Weges legte der Esel im Trab zurück, so dass die großen Speichenräder eine *pulgada* oder zwei in die Höhe sprangen, wenn sie auf einen Stein trafen. Jedes Mal fragte sich Joseph, ob der Graue mit seinem empfindlichen Gehör vor dem Rumpeln floh, oder ob ihn zu Hause das Futter lockte. Er ließ ihn gewähren, es hatte ja doch keinen Zweck, ihn auf dem Heimweg zu bremsen. Dazu war sein Esel zu stur.

Als Joseph sein flaches, mit Lehmziegeln gedecktes Haus sah, war der Esel mit dem Karren längst dahinter verschwunden. Wenn dann frischer Rauch aus der Esse quoll, wusste er, dass seine Frau die Botschaft des Esels verstanden hatte und etwas Leckeres auf den Tisch zauberte. Hinter dem Haus spannte er aus und ließ die starre Gabel des einachsigen Karrens langsam zu Boden gleiten. Die Ladefläche reckte jetzt den Hintern in die Höhe. Dann hängte er dem Grauen den Futtersack über den Kopf und band das rechte Hinterbein mit einem langen Seil an einen Baum. Er war mit sich zufrieden und strebte leise trällernd zur Eingangstür.

»Hola, Juanita …«

Im Türrahmen kniff er die Augen zu schmalen Schlitzen und reckte den Hals nach vorn, um im Halbdunkel besser zu sehen.

»Juanita?«

»Schrei doch nicht so, Señor Beltrán! Ich höre noch sehr gut, was ich von dir nicht immer behaupten kann.«

Sie trat jetzt dicht vor ihn hin, musterte seine grau melierten Bartstoppeln. Sie roch seinen Atem.

»Hast du getrunken? Warum bist du so fröhlich und rufst mich Juanita.«

Mit hochgezogenen Augenbrauen und gerecktem Hals äffte sie ihn nach.

»Ju-a-niiii-ta.«

Sie zog das Wort unnatürlich in die Länge. Joseph rief seine Frau eigentlich Juana, wie sie wirklich hieß.

»Nur zwei Gläser Fino.«

Er legte seinen rechten Arm um ihre Schulter und knallte mit der linken Hand einen prall gefüllten Lederbeutel auf die gescheuerte Tischplatte.

»Alles verkauft. Und zu Superpreisen! War ein guter Tag.«

Sie schnürte den Beutel auf, schüttelte die Münzen auf den Tisch und begann sie zum Zählen auseinander zu schieben.

»*Carajo*, alle Achtung!«

Mit der freien Hand fummelte er ein eingewickeltes Etwas aus der Hemdtasche.

»Und dies ist für dich.«

Juana nahm das flache Päckchen entgegen. Sie war verdutzt, überrascht.

»Für mich? Ein Geschenk?«

Sie kamen zurecht. Es fehlte ihnen an nichts, aber es war auch nichts übrig. Geschenke zu kaufen war einfach extravagant.

»Du alter Narr! Halte lieber das Geld zusammen.«

Sie schalt ihn scherzhaft. In Wirklichkeit freute sie sich riesig, dass er auf dem Markt an sie gedacht und sogar ein Geschenk gekauft hatte. Während sie begann, das grobe Papier zu entfalten, fühlte sie einen Hauch von Röte im Gesicht. Dieses Gefühl hatte sie seit vielen Jahren nicht gespürt. Joseph hatte sie genau beobachtet. Er drehte sich weg und tat, als wäre er mit irgendetwas beschäftigt. Er wusste, sie hasste es, mit roten Ohren gesehen zu werden. Er sah sie unter seinen buschigen schwarzen Augenbrauen an und stellte erfreut fest, dass ihre Augen strahlten.

Juana hielt das geöffnete Papier mit der linken Hand auf der Tischplatte fest, mit der rechten zog sie behutsam und genüsslich langsam eine Halskette mit einem schweren silbernen Anhänger in die Höhe. Sie öffnete den Verschluss, legte die Kette mit abgespreizten Ellenbogen um den Hals und ließ ihn zuschnappen. Prüfend sah sie an sich hinunter, öffnete zwei weitere Knöpfe ihrer Bluse und zog ihren Mann zu sich heran. Sein Blick wanderte von ihrem Gesicht zum Hals und hinunter in die Bluse. Der schwere Anhänger hatte seinen Platz zwischen Juanas üppigen Rundungen gefunden. Sie schmiegte sich eng an ihn. Joseph streichelte mit seiner schwieligen Hand zärtlich ihren Rücken und ließ sie langsam hinunterwandern. Dann ergriff er sie mit beiden Händen an der Hüfte, hob ihr Hinterteil schwungvoll an und setzte sie spreizbeinig auf den Tisch. Die zwei Gläser Fino wirkten noch nach. Er war in bester Stimmung und schob ihren Rock zurück, bis er ihr Juwel sehen konnte. Sie wehrte sich nur zum Schein, biss ihn zärtlich ins Ohr und flüsterte.

»Joseph, mach wenigstens die Tür zu.«

Aber es war zu spät. Plötzlich wurde es noch dunkler im Raum. Bartholomé stand im Türrahmen, den seine Silhouette fast ausfüllte.

»Ay! Ich störe! Dann mach ich mich mal schleunigst vom Hof. Gebt Acht, dass es ein Schwesterchen wird. Mama braucht Hilfe im Haushalt.«

Die Eltern fuhren auseinander. Juana hatte das zweite Mal heute rote Ohren. Sie lenkte plappernd ab.

»Nein, nein, Barthy, bleib da. Wir können zusammen essen. Ich decke schnell auf, dauert nicht lange, es ist alles vorbereitet. Schau, was mir dein Vater heute aus der Stadt mitgebracht hat! Ein richtiger Señor ist er, findest du nicht auch? Er wollte sich nur ein Küsschen als

Dankeschön abholen. Hab ich Recht, Joseph? Aber das hat auch bis heute Abend Zeit, nicht wahr, *mi amor*?«

»Tag, Vater. Gut gelaufen? Wie war es auf dem Markt?«

»Da!«

Joseph deutete auf den Beutel.

»Und hier!«

Juana nahm die Kette vom Hals und legte sie behutsam in die kräftige Hand des Sohnes.

»Ist sie nicht schön?«

»Und schwer«, bemerkte Bartholomé.

Er drehte das Amulett und studierte die Rückseite.

»Gestempelt. Echt Silber. Was für Schriftzeichen sind das? Die sehen nicht spanisch aus.«

»Stammt aus dem Orient, hat er gesagt«, antwortete Joseph.

»Hat wer gesagt?«

»Der es mir verkauft hat. Ein alter Mann mit grauem Bart.«

»Hauptsache, es ist nicht maurisch«, meinte der Sohn.

»Das ist keine arabische Schrift. Die hätte ich erkannt.«

Bartholomé übersah den winzigen Davidsstern unter der Öse. Er gab den Schmuck in die Obhut seiner Mutter zurück. Sein Griff zum Lederbeutel war schnell und zielsicher. Er löste die Schleife, ließ die Silber- und Kupfermünzen auf den Tisch kullern, zählte blitzschnell und mit ziemlicher Genauigkeit. Dann sah er den Vater anerkennend an.

»Das geht nun schon seit Wochen so. Warum jetzt und nicht all die Jahre vorher?«

Juana hatte inzwischen den Tisch gedeckt und vier Schüsseln mit Olivenöl, *albóndigas*, den kleinen Fleischbällchen, Käse und gebratenen Auberginen in die Mitte gestellt. Sie setzten sich. Joseph murmelte ein Gebet und brach das Brot. Er nahm ein Stück in die Hand und tunkte es in das Öl, dazu gabelte er Auberginen aus der Schüssel.

»Es sind diese Reformen, die König Ferdinand VI auf den Weg gebracht hat, sagen die Leute. Ich verstehe nichts davon, aber jetzt müssen die Reichen endlich Steuern auf ihre Vermögen zahlen. Sie wollen die Staatsfinanzen sanieren. Das wurde auch Zeit! Sagen sie. Der Erbfolgekrieg hätte viel Geld gekostet. Mit Portugal hat man sich über die Grenze zwischen den Kolonien in Südamerika geeinigt. Alle Menschen auf dem Markt haben wieder Zuversicht. Der König hat die Privilegien der Großgrundbesitzer eingeschränkt. Er hat dazu Gesetze erlassen, die viele Beschränkungen im Land und für die Ausfuhr in andere Länder aufheben. Wir können mehr verkaufen, und zu viel besseren Preisen. Ich spüre, die Leute haben Vertrauen in die Zukunft und geben mehr Geld aus.«

Juana sah ihren Mann von der Seite an.

»So wie du!«

»Sag mal, gefällt dir das Kettchen nicht? Soll ich es wieder zurücktragen?«

Er tat beleidigt und provozierte seine Frau.

»Nein, nein. Sie gefällt mir, sehr sogar. Ich habe so etwas noch nie gesehen. Ich will sie unbedingt behalten.«

Juana stand auf, ging um den Tisch, beugte sich über Joseph und küsste ihn. Bartholomés Blick fiel direkt in ihre Bluse. Das hatte er früher geflissentlich vermieden. Aber jetzt, wo er selbst den Mädchen unverhohlen auf Busen oder Po guckte, begann er zu vergleichen. Doch dies war seine Mutter, und er wünschte, sie würde sich endlich wieder an ihren Platz setzen. Es war ihm unangenehm, seine Eltern bei Intimitäten zu sehen. Ihm reichte schon, nachts die Liebesgeräusche aus ihrem Schlafzimmer hören zu müssen. Dann zog er die Decke über den Kopf und schwitzte lieber, bis sie fertig waren. Jetzt dachte er darüber nach, wie er ihre Aufmerksamkeit wieder auf das eigentliche Thema lenken könnte, auf ihre künftige Arbeit, ihre Verkäufe auf dem Markt, ihre wirtschaftliche Zukunft, und auf die Andeutungen des Vaters.

»Du meinst also, wir könnten künftig mehr verkaufen und mehr Geld verdienen, Vater?«

Joseph sah seinen Sohn erleichtert an. Aus Juanas Augen blitzten Dolche. Sie dachte, der Tollpatsch hätte sich *doch* besser für ein halbes Stündchen aus dem Haus verziehen können, damit Joseph sie wieder einmal richtig spontan ... Leise stieß sie einen enttäuschten Seufzer aus und setzte sich auf ihren Stuhl.

»Zuerst müssen wir haben, was wir verkaufen wollen.«

Sie kam der Antwort ihres Mannes zuvor.

»Wir haben aber nur unser Land. Das lässt sich nicht einfach vergrößern«, fügte sie hinzu.

»Meine kluge Frau! Aus genau diesem Grund arbeite ich doch in meiner übrigen Zeit für einen Hungerlohn bei Anderen, damit *die* mehr verkaufen können. Dazu habe ich keine Lust mehr. Das muss ein Ende haben! Ich habe heute mit dem *alcalde* darüber gesprochen.«

Er griff noch einmal zu, bevor die Auberginen kalt wurden. Dann legte er zwei Stück *Manchego* auf seinen Teller und schenkte sich, seiner Frau und seinem Sohn Rotwein ein, den Tafelwein, den sie vom Winzer in Requena landeinwärts kauften oder gegen Olivenöl eintauschten. Mutter und Sohn sahen sich erstaunt an.

»Was hat der *alcalde* damit zu tun«, wollte Bartholomé wissen, aber Joseph ging nicht darauf ein. Noch nicht.

»Hm, ist ein netter Wein! Gute Nase und eine feine Säure, nicht so ruppig wie so viele andere. Typisch für die Gärung im Tonfass. Schaut euch das tiefe Rubin an!«

Auch Juana war neugierig geworden.

»Spanne uns nicht auf die Folter. Sag schon, was verbirgt sich heute noch in deinem Kopf. Hast du mit dem *alcalde* zusammen Fino getrunken? Was habt ihr beide ausgeheckt?«

Joseph nahm einen Schluck und wälzte den Wein mit der Zunge hin und her, dabei saugte er ein bisschen Luft durch die spaltbreit geöffneten Lippen, damit sich das Aroma voll entwickeln konnte. Frau und Sohn beobachteten ihn und warteten, dass er endlich schluckte. Er sah tief in sich hinein, als er den Wein durch die Gurgel laufen ließ. Dann antwortete er.

»Wir pachten ein Stück Land. Der *alcalde* hat etwas für uns und sprach mich genau deswegen an. «

Bartholomé stand der Mund offen. Juana verdrehte missmutig die Augen und sah zu den dunkelbraunen Balken in der weißen Decke hinauf.

»Sag mal, wie viele Gläser hast du wirklich getrunken?«

»Zwei, wie ich dir sagte. Das Land liegt drüben bei Viñaza, keine halbe Stunde für den Grauen, es grenzt an die Ländereien des Pastors der Pfarrkirche San Pedro Marar und Sankt Nicolas, an das Pachtland von Christobal Sancho und an die Meierei. Ihr kennt es, es hat in der Mitte Bewässerung. Es ist guter, fruchtbarer Boden. Darauf gedeihen sogar Maulbeerbäume für Seide.«

»Gehörte das nicht früher dieser Doña Estela von den Borjas? Als die noch lebte? Wem gehört das Land jetzt? Das ist doch schon seit Jahren verpachtet«, fragte Bartholomé.

»Es wird bald wieder frei, sagt der Alcalde. Der Pächter Manuel Benítez ist schwer erkrankt. Er muss es aufgeben, kann es nicht mehr bewirtschaften. Rafael Ibáñez meint wir sollen uns bald entscheiden, bevor sich andere bewerben und die Pacht in die Höhe treiben. Er möchte *uns* auf dem Land sehen. Er kennt den Notar, der die Verträge macht und das Erbe verwaltet. Nächste Woche können wir es uns ansehen. Wir ziehen uns saubere Sachen an und fahren mal hin. Der Graue kann sich gleich den Weg merken.«

»Du bist verrückt.«

Juana sah ihren Mann entgeistert an.

»Wie viel Land ist das?«

»Drei *Cahizadas* und zwei *Hanegadas*.«

»Mehr als wir jetzt besitzen! Und wer soll künftig die zusätzliche Arbeit machen?«

»Dann stellen *wir* Tagelöhner ein.«

»Und wie hoch ist der Pachtzins?«

»Zwanzig *Libras* pro Cahizada und Jahr. Das sind etwas mehr als sechsundsechzig *Libras*. Wenn wir gut arbeiten, bleibt noch einiges für uns übrig.«

»Wenn die Ernten gut sind«, wandte Bartholomé ein, doch er wollte nicht negativ klingen.

»Wir schaffen das. Ich mache mit. Auf mich könnt ihr zählen.«
Juana schwieg.

An der linken Seite des schmalen Pfades lagen die Ländereien aus Doña Estelas Nachlass. Rechts lag das Land, das die Pfarrkirche San Pedro seit vielen Jahren von ihr gepachtet hatte. Der neue Pfarrer hieß Padre Anselmo Sandoval. Er war vor ein paar Jahren hierher versetzt worden. Er hatte sich schnell mit der Umgebung vertraut gemacht und sehr bald ein Auge auf das Land von Benítez geworfen. Die beiden Parzellen grenzten aneinander und würden bei ein wenig mehr Arbeit den Ertrag seiner Gemeinde erheblich verbessern. Er wollte dieses Land für seine Gemeinde haben. Doch der Alcalde war dagegen gewesen. Die Kirche drückte sich mit allen Mitteln davor, Steuern in die Gemeindekasse zu zahlen. Deshalb hatte er damals Benítez vorgeschlagen und ihn mit Hilfe des Notars bei Doña Estela als Pächter durchgesetzt. Die Atmosphäre zwischen dem Alcalde und Padre Anselmo galt seitdem als ziemlich gestört. Jetzt war Benítez leider krank geworden, und der Alcalde drängte auf Nachfolge durch die Beltráns, bevor der Pfarrer über den Bischof Druck aufbaute. Er wollte eilig Tatsachen schaffen, denn er wusste, Padre Anselmo war nachtragend, ein schlechter Verlierer und ein noch viel schlechterer Nachbar. Doch der Alcalde ahnte nicht, dass der Padre insgeheim über einen Plan nachdachte, wie er ihm zuvorkommen könnte.

Joseph und Juana saßen nebeneinander auf dem Karren. Unter ihren Hintern hatten sie Kissen, Bartholomé ging zu Fuß und führte den Grauen. Zwischen den graugrünen Olivenbäumen lugte ab und zu der Kirchturm von Carpesa hindurch. Sie passierten die kleine Steinbrücke über den Bewässerungsgraben von Tormos, der vom Río Carraixet gespeist wurde, dessen Wasser wiederum in der Sierra de Calderona im Norden entsprang, einem eher flachen, aber bewaldeten Hügelland, das im blauen Dunst kaum zu erkennen war. Das Wasser floss langsam. Viel war es nicht, aber es reichte für alle. Sie fuhren am Grundstück von Christobal Sancho vorbei, der ihnen freundlich zuwinkte, sich aber fragte, was sie wohl hier wollten.

»Hola, Joseph. Macht Ihr einen Familienausflug?«

»Nur mal gucken, was Ihr so anbaut.«

Er wollte den Zweck seines Ausfluges noch nicht verraten. Zuerst musste Juana überzeugt werden.

Sie fuhren an der Meierei vorbei, die auch zur Erbschaft gehörte und erreichten Benítez' Pachtland. Es lag links und rechts des Pfades, der es in zwei Stücke teilte. Sie bogen auf das Grundstück und hielten neben dem Alcalde Rafael Ibáñez, der dort bereits auf sie wartete. Direkt hinter ihm stand die typische bescheidene Steinhütte für Geräte und Werkzeug.

»Guten Morgen zusammen.«

»Hola, Rafael.«

Sie sprangen vom Karren.

»Es ist ein Jammer, dass Benítez so krank ist. Ist ein sehr schönes Stück Land.«

»Wer kommt noch?«

»Der Mann von Doña Vicenta, Don Phelipe, und ihr Notar, Señor Aparicio. Sie werden sicher bald hier sein. Inzwischen sehen wir uns die Hütte an. *Vamos*.«

Er drehte sich um und ging voraus. Er kannte sich aus. Durch die niedrige Holztür traten sie direkt in den Raum für die Geräte und Werkzeuge.

»Das gehört alles Benítez. Ihr könnt es übernehmen. Wenn nicht, lässt er es abholen«, erläuterte der Alcalde.

In der Hütte befand sich eine Trennwand mit einem Durchgang. Rafa schob den bunten Vorhang beiseite und zeigte ihnen einen einfachen Schlafraum.

»Hier hat er kurz vor der Ernte immer übernachtet, um Diebe zu verscheuchen. Dort auf der Matte schlief sein Hund. Etwas schrullig ist er schon, der gute Benítez.«

Bartholomé horchte auf.

›Schrullig? Ich will ihm nichts unterstellen, aber das wird mein Liebesnest, und nicht nur vor der Ernte!‹

Ibáñez, Joseph und Bartholomé verließen die Hütte. Juana blieb zurück und legte ihre Jacke ab, die sie wegen der kühlen Brise am Morgen getragen hatte. Inzwischen war ihr warm geworden. Sie nahm auch ihre Kette ab und legte sie neben die Jacke auf den Holztisch im Schlafraum.

›Die stört beim Herumlaufen im Gelände, und als Bauersfrau trägt man keinen Schmuck auf dem Feld. Das hat schon meine Mutter gesagt‹, erinnerte sie sich.

Kurz darauf schwenkte Phelipes glänzender Einspänner in einer eleganten Kurve auf das Grundstück und hielt direkt neben Beltráns Eselskarren. Der Graue war davon völlig unbeeindruckt und würdigte den wendigen Araber keines Blickes. Joseph schmunzelte. Don Phelipe und Aparicio stiegen aus.

»*Hola*, Guillermo.«

»*Hola*, Rafa.«

Die Männer begrüßten sich mit einem *abrazo* wie zwei alte Freunde.

»Das hier ist Don Phelipe. Seine Ehefrau hat das Land von Doña Estela geerbt. Und das ist Familie Beltrán.«

Phelipe wirkte herablassend und mürrisch. Weder reichte er die Hand, noch grüßte er. Es entstand eine winzige Pause des Schweigens. Aparicio nahm davon keine Notiz, aber Joseph und Juana sahen sich erstaunt an.

Der Notar führte das Gespräch. Vicenta hatte ihren Ehemann dringend ermahnt, dem Juristen das Reden zu überlassen, da der von Landwirtschaft mehr verstand. In der Tat besaß Phelipe keine Ahnung vom Landbau. Er hatte keinen Sinn für die silbergrünen Laubkronen der Olivenbäume, das dunkle Grün der schlanken Blattsterne des Hanfes oder die starken Stängel des Mais, den Christoph Kolumbus vor mehr als zweihundert Jahren aus der Neuen Welt nach Spanien mitbrachte, und der sich seitdem in seiner neuen Heimat erfolgreich ausbreitete. Aparicio ging mit den Beltráns und dem Alcalde voraus. Phelipe ging hinter der Gruppe her, gerade weit genug, um Juanas reife Rundungen und ihren kräftigen Gang gut betrachten zu können.

Sie spürte seine Blicke im Rücken und drehte sich um, wobei sich ihm das Profil ihrer Bluse darbot. Sein lüsterner Blick verwirrte sie. Wieder bekam sie rote Ohren.

›Wie die wohl im Bett ist‹, fragte er sich.

›Hat der keine Frau zu Hause?‹ fragte sich Juana.

Das Gelände war dreihundert Schritte lang und zweihundert breit, für Don Phelipe zu groß, zu langweilig und zu staubig, um es vollständig abzuschreiten.

›Hätte ich das gewusst, hätte ich mein Reitpferd genommen. Doch offenbar hat Aparicio keines‹, sinnierte er und ging an Juana vorbei zu Aparicio.

»Sie können das Gelände gern mit den Männern abschreiten. Ich bleibe solange mit der Frau zurück und warte hier im Schatten.«

Nun trat Juana einen Schritt vor.

»Ich bin hier, um das Pachtland zu besichtigen, nicht um mich im Schatten auszuruhen.«

Aparicio hatte Don Phelipe aus den Augenwinkeln beobachtet und sich seinen Teil gedacht. Er hatte Mühe, sein Missbehagen zu verbergen.

»Don Phelipe, ich muss doch bitten! Ihr habt übersehen, dass dies *Eure* Veranstaltung ist. *Ihr* wolltet Familie Beltrán die Pachtsache zeigen. Ich bin für das Formelle zuständig. Wenn Ihr zurückbleiben wollt, aus welchen Gründen auch immer, dann bleiben wir alle. Wir erledigen diese Aufgabe gemeinsam. «

Er wandte sich Joseph zu.

»Manuel Benítez wird nichts dagegen haben, wenn ihr euch das Land noch einmal genau anschaut, bevor ihr unterschreibt.«

Ohne weiteres Zögern begann er, den Beltráns die Rechte und Pflichten der Pächter zu erläutern.

»Ihr habt die Ländereien nach Sitte und Brauch im besten Stil von Feldarbeit zu bestellen, jeder Maulbeerbaum und jeder andere Baum, der abstirbt, ist mit einem Baum der gleichen Art zu ersetzen. Die abgestorbenen Stämme und Wurzeln sind auf eure Kosten zum Wohnhaus der Verpächterin zu transportieren.

Auf dem Gelände befindet sich ein Becken zum Quellen von Hanf, zusätzlich könnt ihr drüben die Becken von Christoval Sancho benutzen, dem Pächter der Meierei und den anderen Länderein von Doña Vicenta.

Ihr habt für die Bewässerung und deren gute Instandhaltung aufzukommen, ihr habt den Pfad zu unterhalten. Ferner habt ihr jedes Jahr am Vorabend des Apostels Thomas zwei Hühner von der besten Qualität sowie eine Schüssel Oliven aus eurer Ernte zum Haus der Verpächterin zu bringen.

Des Weiteren habt ihr über den Pachtzins hinaus in jedem Jahr am Tage von Sankt Juan eine Libra und sechs Schillinge für die Unterstützung der Messfeier in der Kapelle der Unbefleckten Empfängnis, am Ende von Borbotó an der Ausfahrt nach Viñaza gelegen, an mich zu zahlen.

Die Laufzeit des Vertrages beträgt sechs Jahre. Der Pachtzins ist in zwei Raten zu entrichten, am Tage des Heiligen Juan im Juni und am Weihnachtstag. Er beträgt sechsundsechzig Libras und dreizehn Schilling und vier Dinare, das sind zwanzig Libra pro Cahizada, ein angemessener Preis, wie ich finde.

Die Klauseln zu Pachtausfall, der vorzeitigen Beendigung oder der Weiterführung der Pacht erläutere ich euch in meinem Büro vor Unterzeichnung. Bitte bringt einen Zeugen, der lesen und schreiben kann. Habt ihr jetzt noch Fragen?«

Joseph, Juana und Bartholomé sahen sich gegenseitig an und schüttelten die Köpfe.

»Also keine Frage bis hierher«, stellte Aparicio fest.

»Dann werde ich den Vertrag aufsetzen.«

Phelipe hatte alldem gelangweilt zugehört.

»Sind wir endlich fertig?«, fragte er ungeduldig.

»Ja. Wir sind soweit.«

»Bevor wir fahren, trete ich kurz hinter die Hütte.«

»Selbstverständlich.«

Don Phelipe verschwand hinter der Hütte.

»Auch ein Adliger hört ab und zu auf den Ruf der Natur. Auch er ist nur ein Mensch«, sagte der Alcalde leise.

»*Es un maldito culo*«, flüsterte Joseph.

Aparicio reagierte nicht darauf.

»Es ist derselbe Vertrag, den auch Benítez hatte, so sind sie mehr oder weniger alle«, sagte Aparicio sachlich.

»Nichts ist außergewöhnlich.«

Der Alcalde nickte zustimmend.

»Macht das. Ihr seid gute Bauern, Ihr leistet gute Arbeit und werdet gut verdienen. Die Zeiten sind günstig, vor allem für Seide. Der *Lonja de Seda* ist es gelungen unter den neuen Handelsgesetzen Kontakte bis nach Mitteleuropa aufzubauen. Der Bedarf ist riesig. Da ist gutes Geschäft zu machen. Setzt Maulbeerbäume. Juana, du musst die Kokons kurz vor dem Schlüpfen abkochen, denn beim Schlüpfen zerreißen die Larven die Fäden. Im Grunde ist es nur *ein* langer Faden, den jede Raupe um sich wickelt. Meine Frau fügt dem Wasser etwas hinzu, das den Leim auswäscht und den Faden bleicht. Sie wird dir dabei helfen.«

Beim Wort ›Seide‹ kam ein Leuchen in ihre Augen. Noch nie in ihrem Leben hatte sie einen Schal, ein Kopftuch oder eine Bluse aus Seide besessen. Vielleicht kam sie jetzt der Erfüllung dieses sehnlichen Wunsches näher. Die Pacht des Grundstücks begann ihr zu gefallen.

Nach ein paar Minuten kam Don Phelipe mit einem befriedigten Grinsen wieder hinter der Hütte hervor. Sie verabschiedeten sich und stiegen in ihre Fahrzeuge. Die Sonne stand jetzt hoch, es wurde ein heißer Tag.

Am frühen Abend angelte sich Juana eine Kupferpfanne vom Haken an der Wand und begann das Essen vorzubereiten. Joseph und Bartholomé würden bald von der Feldarbeit kommen. Sie hatte eine Henne geschlachtet und wollte ihnen zur Feier des Tages ein Festessen vorsetzen. Den ganzen Nachmittag hatte sie an nichts anderes gedacht als an die Pacht und an die Seidenraupen. Ihre anfängliche Skepsis war gewichen, sie war in fröhlicher Stimmung. Nur eine kleine Sache ärgerte sie. Sie würde Joseph bitten, das für sie in Ordnung bringen.

In der späten Dämmerung kamen die Männer nach Hause. Beim Schein einer Kerze saßen sie um den Tisch, aßen und schmiedeten Pläne. Mitten in der Diskussion sah Joseph auf.

»Du trägst deine Kette nicht. Sie gefällt dir also doch nicht.«

Juana sah ihren Mann verlegen an.

»Wann fahrt ihr wieder zum Land?«, fragte sie.

»Nicht, bevor wir unterschrieben haben. Noch haben wir dort nichts zu suchen. Wir müssten Benítez um Erlaubnis bitten. Noch hat *er* dort zu sagen. Warum fragst du?«

»Ich habe meine Jacke in der Schlafkammer liegen lassen …und die Kette. Es tut mir leid.«

Joseph sah sie aufstachelnd an.

»Hat dir dieser Don mit seinen Blicken geschmeichelt? Ist dir heiß geworden? Ich kann ihn ja verstehen. So stramme Brüste kriegt der in seinen Kreisen nicht zu Gesicht. Mach dir keine Gedanken, dem zeige ich, was eine Harke ist, wenn er dich wieder begafft.«

Bartholomé scherzte.

»Ganz bestimmt wirst du ihn zum Duell fordern. Aber womit? Du hast keine Pistole und keinen Degen, ihr müsstet mit Knüppeln aufeinander losschlagen. Sehr gerne wäre ich dein Sekundant. Ich würde mich krumm lachen.«

Joseph war nicht zum Lachen zumute. Er blieb ernst und ging nicht darauf ein.

»Wir holen sie nächste Woche. Da kommt nichts weg.«

Juana widersprach.

»Die Leute erzählen, die *gitanos* ziehen von Andalusien immer weiter in den Norden, weil sie von der Kirche dort nicht geduldet werden. Sie seien Wahrsager, Magier und Scharlatane, ziehen im Land herum, nehmen keine Arbeit an, lungern herum, betteln und stehlen. So sagt man. Vor ein paar Jahren wollte die Armee zehntausend von ihnen in Gefängnisse stecken, aber sie hatten keinen Platz. Nun laufen sie immer noch frei herum.«

Bartholomé war anderer Meinung.

»Was sollen die im Gefängnis? Dort kosten sie nur Steuergeld. Der neue König macht das anders. Er will sie zu Spaniern erklären und fordert, dass sie feste Wohnsitze nehmen, unsere Sprache lernen und arbeiten gehen. Wenn die auf dem Land gewesen wären, hätten wir das bemerkt. Nachts würde man ihre melancholischen *flamencos* meilenweit hören, und wenn sie weiterziehen, hinterlassen sie immer eine Menge Abfall, ihren Kot und kalte Feuerstellen. Deshalb weiß man, wo die sich herumtreiben. Also, ich habe nichts gesehen. Mach dir keine Sorgen. Hast du etwas gesehen, Vater?«

Joseph hatte ebenfalls nichts bemerkt, zeigte aber Verständnis für Juana. Außerdem hatte er die Kette von seinen Einnahmen bezahlt, sie gehörte ihnen allen. Sie war das erste Stück Familienschmuck der Beltráns.

»*Bueno*, dann fahre ich Morgen erst zu Benítez und dann zum Land. Ich hol dir die Sachen.«

Damit war dieses Thema für ihn beendet. Morgen hätte sie die Kette wieder. Juana sah ihn dankend an.

Am späten Morgen kam er mit finsterer Miene zurück.

»Hier ist deine Jacke, die haben sie dagelassen. Die Kette nicht.«

»Seht ihr? Das waren bestimmt die *gitanos*.«

»Mutter! Nicht schon wieder. Das können auch Benítez' Leute gewesen sein, oder Arbeiter, die sich dort auskennen. Jedenfalls ist die Kette weg. Schade eigentlich. Mir gefiel sie. Ich werde mich bei seinen Leuten umhören. Aber es können auch andere gewesen sein, die sich dort auskennen. Diebe gibt es überall.«

Joseph schwieg. Er war einerseits ziemlich sauer, dass sie sein Geschenk schlicht in der Hütte liegengelassen hatte. Gleichzeitig war das eine Warnung. Es mussten sich irgendwelche Leute in der Gegend herumtreiben, die dort nichts zu suchen hatten. Er wollte die Tür künftig fest verschließen. Andererseits hatte die Kette ihren Dienst bereits getan. Er hatte sie für Juana gekauft, um sie für die Idee der Pacht milde zu stimmen. Hätte er vorher von den Möglichkeiten der

Seidengewinnung gewusst, wäre sie nicht einmal nötig gewesen, das hatte der Alcalde noch nie erwähnt. Bei Frauen lernt man eben nie aus. Er nahm sich vor, sie von den ersten Einnahmen aus der Seide mit etwas Ähnlichem zu überraschen.

Auch Bartholomés Nachforschungen waren erfolglos, die Kette blieb verschwunden.

Aparicio saß vor Kopf des Tisches im großen Konferenzraum seiner Kanzlei. Zu seiner Linken, mit dem Rücken zum Fenster, saß Don Phelipe, ihm gegenüber die beiden Pächter und zwei Zeugen, Manuel Bendicho und Antonio Deona. Beide waren seit langer Zeit mit den Beltráns befreundet, hatten die Schule besucht und konnten lesen und schreiben, im Gegensatz zu Joseph.

Der Notar kam rasch zur Sache und begann mit der Präambel des Vertrages.

»Dieser Vertrag behandelt die Verpachtung von Ländereien am Ende des Ortes Borbotó gelegen, Ortsteil Viñaza, vereinbart zwischen Don Phelipe Chafreon y Dassí, im eigenen Namen, zugunsten von Bartholome Beltrán und Joseph Beltrán dem älteren, Arbeiter aus dem Ort Borbotó, besagter Ortsteil von Viñaza, für einen Zeitraum von sechs Jahren, beginnend am Tage St. Juan im Juni 1759 für eine Jahrespacht von 66£13&4, der in zwei gleichen Raten am Tage St. Juan im Juni und Heiligabend des gleichen Jahres zu zahlen ist, die erste Rate am Tage St. Juan im Juni des Jahres 1760, die zweite am Weihnachtstag des gleichen Jahres und von da an weiter, gebunden an verschiedene Vereinbarungen. Wie nachfolgend ausgeführt.«

Es war üblich, Paragraphen in langen, zusammenhängenden Schachtelsätzen zu formulieren, weswegen er zwischendurch zweimal Luft holte. Das wiederholte sich, bis er den ganzen Vertrag vorgelesen hatte. Dann kamen die Schlussformel und die Unterschriften.

»In Beglaubigung erkennen wir vor dem anwesenden Notar die Rechtmäßigkeit an, in der Stadt Valencia am zehnten Tag des Monats August des Jahres siebzehnhundertachtundfünfzig.«

Don Phelipe hatte während der gesamten Prozedur kein Wort gesagt. Er stand auf, verbeugte sich knapp und ging. Die verdutzten Blicke der Anwesenden hafteten an seinem Rücken. Nur Aparicio gab sich unbeeindruckt und sortierte die Schriftstücke. Er hatte das nicht anders erwartet. Joseph lud seine Zeugen und seinen Sohn zu einem Fino in die nächste Taverne ein. Er war zufrieden, jetzt konnte er bald beginnen. Es war geschafft!

Es war ein heißer Donnerstagmittag. Neben dem Apostelportal der Kathedrale hatten sie ein zerlegbares Eisengeländer aufgestellt. Man konnte das Rund durch eine Pforte betreten, die ein uniformierter Diener bewachte. Acht Stühle waren im Halbkreis mit dem Rücken zum Gitter aufgestellt worden. Es war der wöchentliche Termin des *tribunal de las aguas*, des Wassergerichts. Vor über achthundert Jahren hatte es Abd-ar-Rahman III., der Kalif von Córdoba, eingerichtet. Er war die Streitereien der Bauern leid und ließ diese fortan öffentlich schlichten. Das kostbare Flusswasser des Turia wurde auf acht Kanäle verteilt und versorgte acht landwirtschaftliche Bezirke. Diese waren durch je einen Richter vertreten. Zu Zeiten der Kalifen hatte man in der Moschee getagt, doch an deren Stelle stand jetzt die Kathedrale. Die Könige von Aragón hatten zwar das Wassergericht unverändert von den Mauren übernommen, aber den muslimischen Bauern nicht gestattet, das neue christliche Gotteshaus zu betreten. Deshalb fanden die Verfahren nun vor dem Apostelportal im Freien statt.

Don Phelipe hatte erfahren, dass auch der Bezirk Tormos durch einen Richter vertreten war, in dem das Pachtland der Beltráns lag. Da er gerade in der Stadt war, beschloss er, sich das Verfahren anzusehen und hatte sich unter das Publikum gemischt. Er wollte hören, welche Art von Beschwerden verhandelt wurde und wie die Richter zu ihren Urteilen kamen, die nicht anfechtbar waren. Nicht einmal der Kalif in Córdoba oder der heutige König in Zaragoza hätten sie revidieren können. Phelipe hatte sich informiert und wartete geduldig auf die Eröffnung des heutigen Verfahrens.

»Ah, Don Phelipe! Welche Fügung, Euch hier anzutreffen!«

Bischof Alonso de Ponce war in Begleitung eines Franziskaners auf dem Weg in seine Residenz und kam zwangsläufig hier vorbei.

»Wie geht es euch? Ihr seht nachdenklich aus.«

Phelipe zog höflich seinen Hut.

»Danke, Exzellenz, es geht mir gut.«

»Habt Ihr einen Moment Zeit für mich?«

»Aber selbstverständlich. Die Sitzung hat noch nicht begonnen. San Miguel hat noch nicht zwölf geschlagen.«

»Bruder Zacharias, geht schon voraus. Ich komme nach.«

Er wandte sich wieder Don Phelipe zu.

»Ihr kümmert Euch um die Ländereien? Wollt Ihr dem Gericht ein Anliegen vortragen? Ist das nicht Obliegenheit Eurer Pächter oder Doña Vicentas? Wie ich höre, seid Ihr gar nicht am Erbe beteiligt.«

»Ihr seid gut informiert, Exzellenz.«

»Auch die Kirche ist nicht entzückt. Sie geht genauso leer aus wie Ihr, Don Phelipe. Ich kann mir gut vorstellen, wie Ihr Euch fühlt. Ich sehe es Euch an.«

»Anscheinend ist daran nichts zu ändern, Exzellenz. Leider.«

»Da bin ich mir nicht so sicher.«

Phelipe horchte auf.

»Wie meint Ihr das?«

»Nun, ich würde mir gern einmal das Testament ansehen, das Euch so ungerecht behandelt, Don Phelipe. Außerdem mache ich mir Sorgen um die zukünftige Weiterführung der edelmütigen Projekte Doña Estelas. Selbstverständlich liegt mir als Oberhirte das Wohl der Bedürftigen sehr am Herzen. Mir ist unbehaglich bei dem Gedanken, dass dieser Anwalt das in die Hände nimmt, in denen Ihre Gattin zu einem Klumpen Wachs zu werden droht, den er nach Belieben knetet und formt. Zu gern hätte ich auch Einsicht in die einzelnen Verträge. Aus purer Hirtenpflicht, versteht sich. Meint Ihr, Ihr könntet mir einen Einblick verschaffen? Habt Ihr Zugriff auf diese Dokumente?«

»Ihr sprecht mir aus der Seele. Exzellenz. Eure Sorgen sind auch die meinen. Die Dokumente liegen bei Aparicio. Bisher habe ich so gut wie keine Kenntnis über ihren Inhalt. Ich werde dafür sorgen, dass sich das ändert. Ihr werdet Einblick bekommen.«

»Das höre ich gern, mein Sohn.«

»Die Frage ist, wie stehe *ich* am Ende da? Natürlich liegen Euch Eure Schäfchen am Herzen, aber ich als Ehemann Vicentas? Wieso gehe ich leer aus?«

»Macht Euch darüber keine Gedanken. Ihr seid ein redlicher Bürger Valencias und damit ein Mitglied meiner Diözese. Ihr habt von mir das Sakrament der Ehe empfangen, Ihr genießt darum die gleiche Fürsorge Eures Hirten. Ihr sollt nicht leer ausgehen, was immer mit dem Erbe geschehen wird.«

»Ihr seid zu gütig, Exzellenz.«

»Ich muss gehen. Ich möchte Bruder Zacharias nicht zu lange warten lassen. Lasst mir Nachricht zukommen, wann Ihr mir etwas zeigen könnt. Wir vereinbaren dann ein Treffen außerhalb meiner Residenz. Gott befohlen, mein Sohn.«

Um seine Lippen spielte ein zufriedenes Lächeln, als er ging.

In Phelipe keimte plötzlich das befeuernde Gefühl auf, endlich einen Verbündeten zu haben. Das Wassergericht, das inzwischen die Sitzung eröffnet hatte, war ihm plötzlich nicht mehr wichtig. Er plante seine nächsten Schritte.

Als erstes wollte er sich einen genauen Überblick über den Wert des Erbes verschaffen. Er ließ sich zur Kanzlei fahren und beauftragte Aparicio, ihm Abschriften aller Dokumente anzufertigen, die ihn als gesetzlichen Verwalter des Vermögens seiner Ehefrau betrafen.

Aparicio schnappte nach Luft. Das wäre ein Berg von Arbeit, und er witterte einen Schachzug.

»Warum die viele Schreibarbeit, Don Phelipe? Ihr könnt jederzeit in einem Büro Einsicht nehmen.«

»Machen Sie einfach womit ich Sie beauftrage, Aparicio, und verschonen Sie mich mit Ihren Einwänden. Schließlich bekommen Sie die Arbeit bezahlt.«

Aparicio war sich bewusst, dass er den Auftrag nicht ablehnen konnte. Es war legitim, dass ein Mandant Abschriften verlangte. Doch er war sich sicher, das war nicht mit Doña Vicenta abgesprochen. Pflichtgetreu informierte er sie von der Forderung ihres Mannes.

Am selben Abend stellte Vicenta Phelipe zur Rede.

»Aparicio hat mir erzählt, du willst Kopien aller Dokumente. Stimmt das?«

»Befürchtest du, er würde dich anlügen?«

»Nein. Ich stelle nur fest, dass du hinter meinem Rücken Dinge anordnest.«

»Ich will wissen, was in meinem und deinem Namen läuft.«

»Du kannst dir doch die Originale ansehen.«

»Ich brauche die Information für einen Kredit im Geschäft mit Amerika«, log er.

»Du weißt genau, dass dir diese Unterlagen nicht als Sicherheit taugen. Keine Bank leiht dir dafür auch nur einen Maravedí. Also, was hast du vor?«

»Ich habe nichts vor«, wich er aus. »Ich möchte mich genauso hineinlesen wie du, immer wenn ich Zeit und Gelegenheit dazu habe. Ich möchte informiert sein. Ich habe ein Recht darauf. Das musste sogar dein Aparicio einsehen.«

»Er ist nicht mein Aparicio, er ist mein Anwalt und Notar.«

»Da ich dein gesetzlicher Vertreter bin, ist er indirekt auch der meine, und ich bezahle ihm das Abschreiben aus eigener Tasche. Was ist daran so schwierig?«

Aparicio ließ die Kopien anfertigen, die er für wichtig hielt, und händigte sie Don Phelipe einige Wochen später aus. Phelipe schrieb dem Bischof eine Mitteilung und bat um das vereinbarte Treffen. Der bestellte ihn mit den kopierten Unterlagen in die Sakristei der Kirche von Borbotó. Dort traf Phelipe den Bischof und Padre Anselmo an. Der Padre huschte hinaus und ließ die beiden allein.

»Ein ungewöhnlicher Ort, mögt Ihr meinen, doch hier sind wir ungestört. Ich statte der Gemeinde einen Inspektionsbesuch ab. Ich habe Padre Anselmo vor Kurzem diese Pfarrei übertragen und schaue nach dem Rechten. Er ist verschwiegen, ihm kann ich trauen. Er strebt in eifriger Weise danach, die wirtschaftliche Basis seines Sprengels zu verbessern. Er ist ein sehr harter Arbeiter, und so sieht er leider auch aus. Was habt Ihr mir mitgebracht?«

Don Phelipe legte bedeutsam ein beachtliches Konvolut aus handgeschriebenen Dokumenten auf den Schreibtisch des Padres, obenauf das Testament Doña Estelas.

»Die Tinte ist gerade trocken, Exzellenz. Ich hatte selbst noch nicht die Gelegenheit, mich in die Materie zu vertiefen. Der Notar versicherte mir, es seien die wesentlichen Verträge und Auflistungen des Erbes.«

»Der Allmächtige wird Euch danken. Ich nehme alles mit in die Residenz, um es dort zu studieren. Eins sei vorweg gesagt: Es wird nicht verhandelt! Wir werden wahrscheinlich das Testament *in toto* kassieren lassen. Dazu ist freilich nur die Krone berechtigt. Da der größte Anteil aus mildtätigen Projekten besteht, werden wir unseren nicht geringen Einfluss dahingehend geltend machen, diese Projekte unserer Kirche zu übertragen. Bei den gewaltigen Ländereien denke ich an notwendige Arrondierungen mit benachbarten Besitzungen. So hat diese Gemeinde verständlichen Anspruch auf Gelände, das von Eurem umschlossen ist. Padre Anselmo hat es mir am Morgen gezeigt. Er sagt, es wird in einem Fall mit neuen Pächtern verhandelt. Könnt Ihr dieses aufhalten, Don Phelipe?«

»Es tut mir leid Euch sagen zu müssen, dass dieser Vertrag just unterzeichnet wurde. Es ist zu spät. Aber gestattet mir eine Frage. Ihr wisst mehr als ich, obschon Ihr die Unterlagen noch nicht gesichtet habt.«

»Ein Bischof verbringt den Tag nicht nur mit Beten.«

»Habt Ihr bei all Eueren Planungen auch an mich gedacht?«

»Aber Don Phelipe! Das fragtet Ihr mich schon. Wie könnt Ihr auch nur den geringsten Zweifel hegen! Für Euch ist eine beachtliche

Abfindung vorgesehen. Ihr werdet sehr zufrieden sein. Leider muss ich unser Gespräch hier abbrechen, ich habe noch einiges mit Padre Anselmo zu bereden. Geht nun mit Gott, mein Sohn.«

Er ließ Don Phelipe stehen, drehte sich zur Tür und rief nach dem Padre.

»Anselmo, schafft das bitte in meine Kutsche und kommt dann zurück.«

Er deutete auf den Stapel von Dokumenten wie auf ein wertloses Bündel Altpapier.

Einige Tage danach betrat ein Padre im abgeschabten, speckigen Habit einen Buchladen in der Altstadt von Valencia und ging lange suchend an den Regalen mit alten Schriften entlang. Der Besitzer, ein älterer Herr mit grauem Vollbart, hatte ihn hereinkommen sehen und ließ ihn vorerst gewähren, ging dann aber schließlich doch zu ihm.

»Kann ich Euch helfen, Padre? Sucht Ihr etwas Besonderes?«

Der Geistliche hatte sein Anliegen noch nicht halb erläutert, da drängte ihn der Ladenbesitzer sanft ins Hinterzimmer.

»Seid Ihr sicher, dass Ihr gerade *diese* Bücher kaufen wollt?«

»Wäre ich sonst hier?«

»Wer seid Ihr? Wer schickt Euch? Wollt Ihr mich etwa in eine Falle locken? Euch als Geistlichem sollte klar sein, dass diese Werke auf dem Index der Kirche stehen.«

»Mein Wort, ich stelle Euch keine Falle. Ich bin Jesuit, wie Ihr seht, ich benötige die Bücher für Studienzwecke eines Freundes. Wir beide, Ihr und ich, stehen unter dem Schutz der Kirche, weil ich Euch den Auftrag geben werde, sie mir zu besorgen. Wie ich sehe, sind sie leider nicht vorrätig.«

»Dass ich solche Schriften nicht offen im Regal stehen lasse, auch wenn ich sie hätte, versteht sich wohl von selbst. Ich sehe, was ich für Euch tun kann. Solche Bücher sind selten in Spanien. Ich muss mich erst umhören. Sie werden nie verlangt, fast nie. Und es ist ein großes Risiko, sie hier aufzubewahren. Ich hole mir doch nicht freiwillig die

Inquisition ins Haus. Ihr wisst nur zu gut, was dies zur Folge haben kann.«

»Allerdings. Das weiß ich sehr gut.«

»Könnt Ihr in zwei Wochen wiederkommen?«

»Sicher.«

Der Buchhändler war ein vorsichtiger Mann. Er wollte etwas Zeit gewinnen, nachdenken, das Risiko abschätzen. Denn genau diese alten Schriften waren ihm vor wenigen Tagen angeboten worden, und er hatte sie in Kommission genommen. Der sie gebracht hatte, war ebenfalls Geistlicher gewesen. Ein Zufall? Er grübelte lange. Diese Bücher wollte er so schnell wie möglich wieder loswerden. Wenn sie bei ihm entdeckt würden, wäre er in Schwierigkeiten, deshalb hatte er sie gut verborgen. Doch nun würde daraus ein Handel zwischen zwei Männern der Kutte. Das machte ihm die Sache leichter. Er beschloss, das Geschäft mit dem Padre zu machen. Denn es war lukrativ. Er würde einen beachtlichen Gewinn damit machen.

Der Padre betrat den Laden pünktlich nach der vereinbarten Frist, der Händler ging direkt auf ihn zu.

»Ich habe Eure gewünschten Bücher auftreiben können. Sie stammen aus dem Nachlass einer sephardischen Familie, die nach der *reconquista* das Land verlassen musste.«

Das war keine Lüge, sondern eine Weglassung. Wer sonst würde hebräische Schriften besitzen als Juden? Doch er hielt es für opportun zu verschweigen, dass ein Geistlicher sie bei ihm hinterlegt hatte.

»Fragt mich nicht nach Namen, ich will auch den Euren nicht wissen. Ich würde vehement abstreiten, sie Euch je verkauft zu haben, sollte jemand fragen. Von mir habt Ihr sie jedenfalls nicht.«

»Selbstverständlich. Ihr dürft das in Eurer Beichte auslassen. Es ist keine Sünde, mit der Kirche Geschäfte zu machen.«

Der Alte sah den Padre verdutzt an. Der lächelte wissend.

»Ich möchte gern noch eine Widmung für meinen Freund in die Bücher hineinschreiben. Haben Sie Tinte und Feder?«

»Nehmt an dem Tisch Platz. Dort steht alles bereit.«

Der Alte ging seiner Arbeit nach, behielt aber den Padre im Blick. Der zog ein Stück Papier aus seiner Kutte und schrieb etwas ab, Worte für Wort. Als der Padre fertig war, packte der Alte die Bücher gewissenhaft ein und verschnürte sie. Der Padre zahlte und verließ den Laden mit dem Paket unter dem Arm. Zufrieden lächelnd sah ihm der Ladenbesitzer nach.

An einem Sonntag bestiegen Doña Vicenta und ihr Mann die Kutsche und fuhren zur Heiligen Messe in der Kathedrale. Sie betraten die Kirche durch das neue Westportal. Dann nahmen sie ihre mit einer Messingplakette markierten Plätze in der ersten Reihe ein, direkt unter der Kanzel. Durch die Achatscheiben in den gotischen Fenstern des Vierungsgewölbes fiel mild gedämpftes Sonnenlicht. Als der Introitus erklang, erhob sich die Gemeinde, der Priester mit seiner Begleitung schritt zum Altar.

»Im Namen des Vaters, des Sohnes und des Heiligen Geistes.«
Sie schlugen das Kreuzzeichen.
»Amen.«
Der Eröffnung folgte im Wechsel zwischen dem Priester und der Gemeinde das allgemeine Schuldbekenntnis. Nach dem *Kyrie* und dem *Gloria* wurde das Tagesgebet gesprochen. Der ersten Lesung eines Textes aus dem Alten Testament folgte ein Zwischengesang, danach die zweite Lesung eines Textes aus dem Neuen Testament. Danach wurde das Halleluja gesungen, was der Feier einen festlichen Rahmen verlieh. Bevor der Priester anschließend das Evangelium verkündete, betete er still um den Segen Gottes. Danach küsste er das Buch.

Nun folgte die Predigt, in der das Leben der Gläubigen mit der Verkündigung in der Heiligen Schrift in Verbindung gebracht werden soll, die Umsetzung des Evangeliums im Alltag. Heute war etwas anders als sonst. Der Bischof hielt die Predigt persönlich! Vicenta hob die Augenbrauen und sah ihren Mann an. Phelipe starrte unbeteiligt vor sich hin. Bischof Miguel Mayoral Alonso de Ponce sprach über die Unerschütterlichkeit des Glaubens und verglich sie mit dem Kiel eines Schiffes. Valencia war Hafenstadt, und ihre Einwohner würden das

Gleichnis verstehen. Würde aber der Kiel beschädigt, wie zum Beispiel durch Häresie, durch Ketzerei, dann könnte das ganze Schiff in große Gefahr geraten.

»Und diese Gefahr ist mitten unter uns, liebe Brüder und Schwestern. Es gilt, wachsam zu sein! Und wir sind wachsam.«

Er sprach langsam, laut und bedeutungsvoll. Die Worte klangen wie eine Drohung. Wenn der Bischof von Ketzerei sprach, war etwas im Busch. Kaum einer wagte, zu ihm aufzuschauen. Alle duckten sich und sahen zu Boden oder auf ihre Hände. Die Regeln, Gebote und Verbote der Kirche waren so engmaschig, dass es jeden treffen könnte. Viele suchten nach Fehlern, die sie begangen haben könnten. Oder hatten sie wieder eine kleine Gruppe Lutheraner ausgehoben, die mit ihrer Reformation durch Spanien geisterten? Hatten sie wieder einen oder mehrere Scheinkonvertiten entlarvt? Der Bischof wurde nicht konkret. Die Predigt endete auch nicht wie üblich mit Worten des Trostes und des Gottvertrauens, sondern mit der ernsten Mahnung, das *Credo* immer wieder nachzulesen und sich die Worte einzuprägen. Als die Ansprache zu Ende war, verließ Bischof Miguel de Ponce die Kanzel, während einer der jüngeren Priester die Fürbitten begann, in die die Gemeinde stehend im Wechselgesang einfiel.

Jetzt begann die Vorbereitung für die Eucharistiefeier. Brot und Wein wurden zum Altar gebracht und auf das *corporal*, ein spezielles weißes Tuch gestellt. Die Gemeinde setzte sich. Der Priester hob die Hostienschale mit dem Brot in die Höhe, pries den Herrn und sprach das Eucharistische Hochgebet, das *Sanctus*. Wie üblich, fiel sie am Schluss in das ›Amen‹ ein. Die Gemeinde betete das Vater Unser, dem das *Agnus Dei* folgte und die Einladung zur Kommunion.

Im Mittelgang der Kathedrale formte sich die lange Reihe der Gläubigen, um vor der Barriere zum Altar niederzuknien und die Hostie zu empfangen. Auch Vicenta und Phelipe reihten sich ein und knieten nebeneinander, als sie an der Reihe waren. Der Priester nahm eine Oblate aus der Schale und reichte sie Phelipe. Doch anstatt sich jetzt Vicenta zuzuwenden drehte er sich dem nächsten zu. Vicenta war verdutzt. In diesem heiligen Moment war sie nicht imstande, einen logischen Gedanken zu fassen. Mechanisch erhob sie sich und ging an Phelipes Seite gemessenen Schrittes, aber innerlich aufgewühlt, an ihren Platz zurück. Hoch oben in einem kleinen Guckloch im Gewölbe der Seitenkapelle des Heiligen Joseph hatten zwei scharfe Augen das Geschehen unbemerkt beobachtet.

›Wie konnte er mich übersehen? Was bedeutet das?‹

Vicenta grübelte. Nachdem alle ihre Plätze eingenommen hatten, sprach der Priester das Schlussgebet, wieder bekräftigt durch das ›Amen‹ der Gemeinde.

Zum Ende der Heiligen Messe sprach der Priester mit lauter Stimme die Entlassungsformel.

»Gehet hin in Frieden.«

Die Gemeinde antwortete.

»Dank sei Gott dem Herrn.«

Doña Vicenta erhob sich. Sie hatte weiche Knie. So etwas war ihr noch nie passiert. Sie fühlte sich in diesem Augenblick wie aus der Gemeinde ausgestoßen, wie exkommuniziert. Sie suchte Halt am Arm ihres Mannes, während sie im Gedränge der Gläubigen dem Ausgang in der barocken Westfassade zustrebte. Der Bischof kam auf sie zu. Er schien sie bereits erwartet zu haben. Grußlos forderte er sie auf, ihm zu folgen.

»Doña Vicenta, ich muss Euch sprechen. In meinem Büro. Gehen wir die Treppe hinauf und über die Brücke in die Residenz.«

Don Phelipe schwieg. Mit Vicenta am Arm folgte er dem Bischof zu einer versteckten Treppe, die hinter den drei Seitenkapellen zu einer geschlossenen, gemauerten Brücke über die *Calle Barchilla* führte und die Kathedrale mit dem bischöflichen Palast verband. Hier war sie noch nie gewesen. Nur zwei winzig kleine Fenster ließen ein wenig Licht ein. Die Brücke war düster. Der Bischof ging mit versteinerter Miene voraus.

›Was hat das zu bedeuten? Will mir der Bischof die Hostie nachträglich reichen? In seinem Büro? Die werden doch stets im Innern des Altars aufbewahrt. Ich glaube das alles nicht. Es ist unwirklich.‹

Vicenta grübelte, während sie das Büro des Bischofs betrat. Sie wurden bereits erwartet. Vier Herren erhoben sich höflich von ihren Stühlen. Der Bischof stellte ihr die Anwesenden vor.

»Das ist Doktor Don Fermín Joseph de Charola, der Apostolische Inquisitor von Valencia.«

Der ältere Herr hatte ein hageres Gesicht mit stechenden grauen Augen. Er trug eine tadellos sitzende schwarze Soutane aus teurem Stoff mit schwarzer, breiter Bauchbinde. Alles an ihm war schwarz, seine tiefen Augenhöhlen wirkten düster. Er deutete eine Verbeugung an.

»Dies ist Don Ignácio de Casas, ein Inquisitionsbeamter, und diese beiden Herren sind Bedienstete der Diözese.«

Die Herren nickten kurz.

»Nehmt bitte Platz«, sagte der Inquisitor mit scharfer Stimme.

Vicenta war blass geworden. Die Gesichtsausdrücke der vier Männer und des Bischofs waren ernst und verschlossen. Einer der Bediensteten legte sich Papier, Tintenfass und Feder zurecht, um das Gespräch zu protokollieren. Don Fermín richtete das Wort an Vicentas Ehemann.

»Bevor wir beginnen, Don Phelipe, werdet Ihr Don Ignácio und Señor Chávez zu Eurem Wohnhaus begleiten, wo sich die Herren ein wenig umsehen werden. Dann kehren die beiden Herren ohne Euch hierher zurück, um ausführlich zu berichten. Eure Anwesenheit wird nicht mehr nötig sein.«

Don Phelipe, der Inquisitionsbeamte und Chávez erhoben sich. Phelipe wirkte ruhig und gefasst, als wäre dies die normalste Sache der Welt. Ohne sich umzusehen, ging er mit den zwei Kirchenbeamten hinaus. Nachdem sich die Tür geschlossen hatte, bemühte sich Vicenta noch immer um Fassung. Hilfesuchend drehte sie sich zum Bischof.

»Es hieß soeben: bevor wir beginnen. Womit wollt Ihr beginnen, Exzellenz? Ich verstehe nicht.«

Statt des Bischofs antwortete der Apostolische Inquisitor.

»Doña Vicenta, wir ermitteln gegen Euch wegen Häresie.«

Sie erschrak, wurde bleich.

»Ihr habt die Predigt seiner Exzellenz genau verfolgt. Wir haben Euch genau beobachtet. Ihr habt die Fähigkeit, Euch überzeugend zu verstellen. Doch darauf sind wir vorbereitet. Wir kennen das. Ihr könnt diese Befragung auf ein Mindestmaß abkürzen, indem Ihr ein umfassendes Geständnis ablegt. Deshalb stelle ich Euch die einfache und klare Frage: Seid Ihr Jüdin? Antwortet einfach mit Ja oder Nein.«

Vicenta stockte der Atem. Das hatte sie nicht erwartet. Sie zwang sich zur Ruhe und holte tief Luft.

»Das ist eine infame Unterstellung! Woher nehmt Ihr das Recht, mir diese Frage zu stellen? Was nehmt Ihr Euch heraus?«

»Schaut, diese Entrüstung passt genau in unser Bild. Sie ist allen Häretikern zu Eigen. Sie gehört zu deren Verteidigungsmechanismus. Der Ertappte wehrt sich erst einmal, bis er unter der schweren Last der Beweise zusammenbricht. Diesen Zusammenbruch wollen wir Euch ersparen, Also noch einmal. Seid Ihr oder seid Ihr nicht?«

»Nein! Nein! Und noch einmal: Nein.«

»Doña Vicenta, ich ermahne Euch, die Wahrheit zu sagen. Wir finden sie immer heraus. Es ist ein Verbrechen, uns anzulügen. Erspart Euch ein peinliches Verhör. Das ist kein Vergnügen, nicht für Euch und nicht für den Inquisitor. Die Methoden sind nicht schmerzlos, und wir haben nicht das Recht, Personen Eurer gesellschaftlichen Stellung zu schonen. Ein letztes Mal, seid Ihr Jüdin?«

»Ich bin gläubige Katholikin. Euer Verdacht ist lächerlich.«

Dr. Joseph de Charola sah sie lange eindringlich an.

»Und woher kommen dann diese Bücher?«

Er griff unter den Tisch und knallte drei Bücher vor sie auf die dunkel lackierte Fläche. Vicenta warf einen kurzen Blick darauf.

»Ich kenne diese Bücher nicht. Was ist das?«

»Das wollte ich Euch fragen. Ihr solltet es wissen. Aber ich sage es Euch sehr gern. Es sind die zwei Bände des Babylonischen Talmud, der älteren *Mischna* und der jüngeren *Gemara*. Das dritte ist der *Führer der Unschlüssigen*, verfasst vom jüdischen Arzt und Philosophen Moses Maimonides, eigentlich Mosche ben Maimon. Ein radikales Werk.«

»Was habe ich mit diesen Büchern zu schaffen? Ich sehe sie zum ersten Mal.«

»Schlagt sie alle drei auf. Sie gehören Euch.«

Vicenta nahm eins der Bücher in die Hand und hob den Deckel an. Klar und deutlich stand dort auf der Innenseite ihr Mädchenname, Vicenta Darder de Borja. Sie war perplex und schüttelte erstaunt den Kopf. Sie nahm auch die beiden anderen Bücher in die Hand, derselbe Eintrag. Einen Moment saß sie erstarrt, wie vom Donner gerührt. Don Fermín musterte sie mit Habichtaugen. Der Bischof schaute sie durch zusammengekniffene Lider an. Am schmalen Ende des Tisches hielt der Protokollführer stumm seinen Federkiel in der Hand und wartete. Ein Tropfen Tinte war auf das Papier gefallen. Vicenta gewann ihre Fassung zurück. Sie antwortete mit fester Stimme.

»Ich weise Eure Behauptung sehr entschieden zurück. Es ist *nicht* meine Handschrift, und ich weiß auch nicht wessen. Dieser Duktus ist mir unbekannt. *Mir* gehören die Bücher jedenfalls nicht. Vielleicht gab es einmal eine Frau gleichen Namens. Dies ist eine Verwechselung.«

»Das sind doch nur Ausflüchte, Doña Vicenta. Wir haben in den Ahnentafeln der Borjas nachgeforscht. Es gab keine Vicenta. Ihr habt bewusst den Zusatz *Pérez* weggelassen, den Namen der Familie Eurer Mutter. Ihr stammt aus Málaga, wo eine Familie des Namens Pérez lebte, ein typisch sephardischer Name, wie Ihr zugeben müsst. Nach der Rückeroberung durch die Katholischen Majestäten im Jahr 1487 wurde die Stadt in eine christliche Ansiedlung verwandelt, und alle Juden konvertierten. Einige von ihnen nur zum Schein, offensichtlich bis heute. *Das* ist infam!«

»Don Fermín, ich habe Ausflüchte nicht nötig. Ihr legt mir drei Bücher vor, die ich nicht einmal entziffern kann, denn ich habe nie Hebräisch studiert. Ihr aber scheint mit ihrer Bedeutung eng vertraut zu sein. Irgendwer muss in böser Absicht meinen Mädchennamen hineingeschrieben haben. Ich könnte mit der gleichen Boshaftigkeit behaupten, Ihr wart es selbst. Aber ich tue es nicht. Das unterscheidet uns. Ich bin ehrliche, gläubige Katholikin. Fragt den Herrn Bischof.«

Das Gesicht des Inquisitors war rot angelaufen. Er schlug mit der flachen Hand auf den Tisch.

»Ihr wagt es, mir eine Unterschriftenfälschung zu unterstellen! Ich lasse Euch in Eisen legen!«

›Warum ist Phelipe nicht hier, um mich zu verteidigen? Er ist doch mein Ehemann. Heißt es nicht: in guten wie in schlechten Zeiten? Warum hat er sich so einfach hinausdrängen lassen? Ich lasse mich von diesem Schwarzen Mann nicht kleinkriegen. Nicht von einem Charola!‹

Sie sah ihn ruhig an, lächelte fast. Dann sprach sie mit klarer und lauter Stimme.

»Seht Ihr, das ist Eure Art zuzuhören und das gesprochene Wort zu verdrehen. Ich sagte, ich könnte. Und ich sagte auch, ich tue es nicht. Was ich auch sage, Ihr verwendet es stets gegen mich. Warum? Seid Ihr meinen Äußerungen nicht zugänglich? Habt Ihr mich bereits verurteilt? Brennt in Eurer Vorstellung bereits der Scheiterhaufen?«

Sie erinnerte sich an Aparicios Worte und fuhr fort.

»Denkt und handelt Ihr noch in den Kategorien unserer höchst katholischen Majestäten? Don Fermín de Charola, das ist jetzt weit über dreihundert Jahre her. Die Zeiten haben sich geändert. Habt Ihr Angst vor der Zukunft?«

Der Bischof befürchtete, dass sich ein handfester Streit anbahnte. Das hier könnte eskalieren. Er schritt ein.

»Bruder Fermín, kann ich Euch unter vier Augen sprechen? Wir kommen so nicht weiter.«

Die beiden verließen den Raum.

Doña Vicenta blieb allein mit dem Protokollanten im Büro des Bischofs zurück. Sie war entsetzt. Trotz ihres reinen Gewissens nagte die Art und Weise der Befragung an ihren Nerven. Dieser Don Fermín versuchte, ihr das Wort im Munde umzudrehen. Sie fühlte sich bereits vorverurteilt. Für ihn schien sie bereits schuldiggesprochen. Jetzt wurde ihr bewusst, wie verloren sie war. Dieser Mann war sehr gefährlich, er hatte sich in etwas verrannt.

Draußen auf dem Gang redete der Bischof auf Don Fermín ein. Die Büros seiner Verwaltung waren am heiligen Sonntag nicht besetzt. Niemand würde sie belauschen. Er brauchte heute kein Blatt vor den Mund zu nehmen. Er wollte Öl auf die Wogen gießen.

»Don Fermín, durch Konfrontation kommen wir nicht weiter. Ich beobachte, dass Doña Vicenta Eigenschaften ihrer verstorbenen Tante zu entwickeln scheint. Die war aus Hartholz geschnitzt. Wenn das so ist, bekommt Ihr nicht einmal auf der Streckbank ein Geständnis aus ihr heraus. Das braucht Ihr aber, denn ein Urteil auf Indizien könnte Risiken bergen. Wenn ich Euch einen Vorschlag unterbreiten darf: Geht mit mehr Milde vor.«

»M i l d e?«

Der Inquisitor schrie beinahe und streckte dem Bischof seine Habichtsnase entgegen.

»Diesen Begriff kenne ich gar nicht. Aus diesem Grund bin ich so erfolgreich, mein lieber Herr Bischof. Zu meinem Amtsbezirk gehören neben Sizilien und Sardinien auch Aragón und damit natürlich auch Eure Diözese. Diesen Bezirk halte ich sauber. Ihr habt mir die Bücher gemeldet, das war gut so. Jetzt verfolge ich *eo ipso* diesen Fall, und zwar auf meine Art. *Ihr* solltet Euch besser nicht von einer Häretikerin umgarnen lassen. Es könnte zu Eurem Nachteil gereichen, wenn man Euch zuschriebe, *Ihr* duldet Häresie.«

Der Bischof bemerkte die versteckte Drohung.

»Und wenn sich herausstellen sollte, dass Eure Beweise kaum verwertbar sind?«

»Es sind *Eure* Beweise, Herr Bischof. *Ihr* habt sie mir übergeben. Aber lasst das meine Sorge sein. Ich will unbedingt ein Geständnis, und ich werde es bekommen. Dann brauche ich *Ihre* Beweise nicht mehr. Schlussendlich wird das Urteil durch das Inquisitionsgericht gefällt. Dafür ist ein Geständnis unerlässlich.«

»Wollt Ihr sie foltern lassen?«

»Wenn nötig, ja.«

»Wenn das bekannt würde, riskiertet Ihr möglicherweise Unruhe unter den Gläubigen und in der Bevölkerung.«

»Die sind alles dumme Schafe. Wer mit Ketzern sympathisiert, ist selber einer und wird ergriffen. Ein paar weitere Prozesse gegen Aufrührer, und wir haben die Sache im Griff, glaubt mir. Noch ein Wort zu der von Euch erwähnten Tante. Sie war eine echte Borja und wollte doch nur das Ansehen ihrer Sippe aufpolieren, die der Kirche in der Vergangenheit genug Schaden zufügte, sich an ihr bereicherte.«

»Das ist dreihundert Jahre her, Don Fermín!«

Nach Überzeugung des Bischofs begann der Fall erheblich aus dem Ruder zu laufen, wenn Don Fermín nicht wirksamere Methoden anwandte. Er witterte ein Risiko.

»Die Kirche vergisst nie«, erwiderte der Inquisitor.

»Das ist oft eine Stärke. Aber sie denkt meist rückwärts gewandt, das ist manchmal eine Schwäche.«

»Lieber Herr Bischof, es geht hier nicht nur um Doña Vicenta, hier geht es vor allem um Geld. Als ich den Schiedsspruch zum Erbe Doña Estelas unterzeichnet hatte, wurde mir bewusst, dass unsere Kirche nicht berücksichtigt worden war. Aber es war zu spät. Ich habe einen Fehler gemacht. Wir haben die einmalige und letzte Gelegenheit, dies zu korrigieren. Und es geht um Politik, verehrter Herr Bischof. Seit im Jahr 1755 das furchtbare Erdbeben die Stadt Lissabon mit der gläubigsten Bevölkerung der Welt zerstörte, wollen die Fragen nicht verstummen, wie Gott dieses denn zulassen konnte. Philosophen und Wissenschaftler führen es auf die Natur zurück und implizieren damit einen Fehler in Gottes Schöpfung. Die Aufklärung macht sich diese Betrachtungsweise zunutze und zweifelt an der Allmacht und an der Deutungshoheit der Kirche. Wir werden binnen kurzem einen neuen König haben, und Ihr kennt seine Einstellung gegenüber der Kirche. Er plant, ihren Einfluss auf Politik und Gesellschaft zurückzudrängen. Noch hat er mit seinen Bemühungen nicht begonnen, also wehret den Anfängen. Wir müssen im Fall Doña Vicenta dringend ein Exempel statuieren. Ich bin überzeugt, das seht Ihr genauso.«

Der Bischof hatte aufmerksam zugehört. Das Gehörte stimmte ihn zufrieden. Der Inquisitor hatte sich festgebissen und ließ nicht locker. Jeder Verteidigungsversuch würde ihn umso entschlossener, unerbittlicher machen. Es war eine herausragende Eigenschaft gerade dieses Inquisitors. Er machte noch einen letzten Vorstoß, um ganz sicher zu sein.

»Sie ist keine Konvertitin, Don Fermín. Die Familie Pérez ist seit Generationen katholisch. Die Häresieprozesse des fünfzehnten und sechzehnten Jahrhunderts richteten sich gegen die Scheinkonversion. Solches liegt in diesem Fall nicht vor. Der letzte Prozess fand vor über dreißig Jahren statt und endete mit einem Freispruch. Wollt Ihr das Rad der Geschichte zurückdrehen?«

»Wir drehen nicht am Rad der Geschichte, mein lieber Bischof, wir schreiben Geschichte. Sollte dieser Beweis etwa nicht ausreichen, finde ich andere. Wartet es ab. Ah, da kommt Don Ignácio.«

Die zwei Beamten kamen den Flur entlang. Don Phelipe war nicht bei ihnen. Don Ignácio drückte seinem Chef etwas in die Hand. Der sah es sich kurz an, lächelte zufrieden und dankte den beiden Beamten.

»Gute Arbeit, Don Ignácio ! Lasst uns hineingehen.«

Sie saßen Doña Vicenta wieder gegenüber.

»Nun?«, fragte Don Fermín, »erinnert Ihr Euch wieder an die Bücher? Kommen sie Euch nicht sehr bekannt vor? Habt Ihr uns etwas zu sagen?«

»Ich kenne sie nicht, und das ist die Wahrheit.«

»Euer Gemahl war so freundlich, Don Ignácio Euer schönes Haus zu zeigen. Ein freundlicher Ort auf Gottes Erde, am Ufer des Turia. Ihr dürft Euch bevorzugt wähnen unter den Menschen, dass ER Euch gerade diesen Platz zugewiesen hat. Oder waren es die reichen Borjas? Wie dem auch immer sei, Ihr seid es nicht wert! Euer Gemahl, ein wahrer Katholik, muss ich einfügen, führte Don Ignácio auch in Euer Büro. Ein interessanter Raum, wie er sagt. All diese Verträge, all diese Besitzurkunden, all dieser dokumentierte Reichtum, den Ihr erbtet. Euch muss ja fast halb Aragón gehören! Wir sind überwältigt. Und dies übergab ihm Euer Gemahl in jenem Büro.«

Aus seiner Hand glitt leise klimpernd eine silberne Halskette mit einem Anhänger auf die Tischplatte.

»Ein antikes Stück. Schweres Silber. Eine Rarität in unserem Land. Ach, was sage ich da. Ein Unikat. Denn eigentlich dürfte es so etwas bei uns überhaupt nicht geben. Der Anhänger symbolisiert die Tora mit den beiden Rollen und den *Rimonim*, den Krönchen auf den Behältern. Die Zeichen auf dem Toraschild sind hebräisch. Und seht hier, dreht Ihr das Amulett herum, erscheint neben der Öse ein winzig kleiner Davidsstern.«

Er reichte das Schmuckstück dem Bischof.

»Seid Ihr nun überzeugt, Exzellenz?«

Der Bischof besah sich das Stück und schaute Vicenta an, die ihm die offene Hand hinstreckte.

»Darf ich mir das auch einmal ansehen?«, fragte sie.

Don Fermín antwortete.

»Aber warum? Sie kennen es doch.«

»Eben nicht, Don Fermín. Auch dieses Stück kenne ich nicht und habe es nie zuvor gesehen. Ich kaufe meinen Schmuck bei Gerardo Vargas Jiménez, dem Juwelier meines Vertrauens. Auf alle Stücke wird sein Zeichen eingraviert. Diese Kette trägt das Zeichen nicht. Und noch etwas, ich lasse meinen Schmuck grundsätzlich nie offen herumliegen. So wie ich mich nicht in Versuchung führen lasse, will ich auch meine Bediensteten nicht in Versuchung führen. Meinen Schmuck verwahre ich in meinem Schlafzimmer an einem geheimen Ort. Diese Kette gehört nicht dazu.«

»Ich kann das bestätigen, Don Phelipe hat uns das Schlafgemach gezeigt«, sagte Don Ignácio arglos und naiv. Don Fermín überging den Einwand und fragte spitz und in schroffem Ton:

»Haben Sie die Gravuren geprüft?«

»Nein, wir wussten nicht …«

»… seht Ihr, Don Ignácio, Ihr müsst noch vieles lernen. Aber das spielt jetzt keine Rolle«, unterbrach ihn Don Fermín.

»Die Kette ist sehr viel älter als Euer Vargas und kann deshalb sein Zeichen gar nicht tragen. Sie wird als Beweismittel konfisziert.«

Vicenta kochte vor Zorn. Phelipe hatte die zwei Männer in ihr Schlafzimmer geführt! Unfassbar. Wie konnte er das tun? Die hatten dort nichts zu suchen! Plötzlich dämmerte ihr, dass Phelipe ein Teil dieses Theaters sein musste. Er könnte die Kette gehabt haben. Er steckte dahinter! Sie schlug noch einmal eins der Bücher auf, um die Handschrift zu betrachten. Doch sie war verstellt. Auch die Farbe der Tinte war nicht die seine. Sie beschloss, ihren Verdacht vorerst für sich zu behalten. Sie würde ihn zur Rede stellen, sobald sie wieder zuhause wäre und wandte sich an den Bischof.

»Exzellenz, würdet Ihr bitte meinen Anwalt hinzuziehen. Ich muss mich dringend mit ihm beraten. Er heißt Guillermo Aparicio, seine Kanzlei liegt an der *Plaza de San Francisco …*«

»… hier bestimme ich die Regeln.«

Don Fermín fuhr ärgerlich dazwischen.

»Ihr braucht keinen Anwalt, schon gar keinen, der die Kirche mit juristischen Gutachten belehren möchte, wie Aparicio es getan hat. Gott ist Euer Beistand, so Ihr denn an ihn glaubt. Die Beweise sagen jedoch das Gegenteil, und sie sind erdrückend. Mit Euren Aussagen kommen wir nicht weiter, Doña Vicenta. Sie verbleiben vorläufig im bischöflichen Palast, betrachtet Euch also als festgenommen. Seine Exzellenz wird Euch sein komfortabelstes Verlies zuweisen. Wir werden entscheiden, ob Ihr in das Gefängnis der Inquisition in Zaragoza oder zur Generalinquisition in Madrid überstellt werdet. Jedwede Kommunikation mit der Gefangenen ist streng untersagt, auch Euch, Exzellenz. Damit ist die Befragung beendet.«

Er erhob sich, und mit ihm erhoben sich die anderen Herren. Der Bischof ging auf den Flur und rief nach der Palastwache. Doña Vicenta wurde abgeführt. Der Inquisitor nahm den Bischof auf die Seite.

»Solltet Ihr Zweifel an *Euren* Beweisen haben, findet zumindest heraus, auf welchem Wege sie in Eure Hände gelangten. Es ist auch in Eurem Interesse. Der ganze Vorfall wir genauestens untersucht. Wir finden alles heraus.«

»Selbstverständlich, Don Fermín.«

Durch die geschlossenen Lider nahm Vicenta flackerndes, helles Licht wahr. Ihr war heiß. Sie fühlte, wie Flammen an ihrem Körper züngelten. In ihren Rücken drückte sich ein harter Holzpfahl. An ihren Füßen spürte sie glattes, hartes Metall.

›Der Scheiterhaufen! Ich brenne auf dem Scheiterhaufen. Aber ich sehe keinen Rauch, rieche kein versengendes Fleisch. ich höre kein knisterndes Holz, keine Schreie, und meine Füße sind kalt.‹

In der nächsten Sekunde saß sie senkrecht auf ihrer Pritsche. Sie hatte geträumt. Durch ein kleines vergittertes Fenster hoch oben unter der Decke schien für ein bis zwei Stunden die Morgensonne in den Raum. Sie leuchtete durch die Krone eines Orangenbaumes, den sie nicht sehen konnte. Die vom Wind bewegten Blätter ließen das in den Raum fallende Sonnenlicht auf ihrem Gesicht flackern.

Ihrer Schlafstatt gegenüber befand sich die schwere Holztür mit dem Guckloch und der Klappe zum Durchreichen des Brotes, des Wassers und der Suppenschüssel. Daneben ein schlichtes Kreuz und der Kerzenhalter mit dem rußschwarzen Fleck, der sich bis zur flach gewölbten Decke dehnte. Sie bemerkte die Zeichen an der Wand, sechs senkrechte Striche, von je einem waagerechten durchkreuzt, sauber in Gruppen angeordnet. Gezählte Wochen. Weiter rechts waren ein Davidsstern gezeichnet und darunter hebräische Zeichen, die sie nicht entziffern konnte. Es waren die letzten Grüße von Menschen in dieser engen Zelle, die an den falschen Gott geglaubt hatten.

Sie stand auf und klopfte an die Tür. Ein Wächter öffnete die Klappe.

»Ich bitte um Schreibzeug, und ich möchte mit dem Bischof sprechen.«

Der Wärter schloss die Klappe wortlos. Nach einer endlos langen Stunde kam er zurück.

»Eure Bitte wurde abgelehnt. Der Bischof sagt, Ihr wüsstet, dass es ihm verboten wurde.«

»Ich möchte meinen Anwalt sprechen. Sagen Sie dem Bischof, dass ich um seinen Besuch bitte.«

Wieder schloss sich die Klappe. Doch der Wärter kehrte nicht zurück.

Vicenta war niedergeschlagen. Noch nie war sie so hilflos, so von der Welt abgeschnitten, so allein. Plötzlich fiel ihr ein, dass sie heute eine Verabredung mit Aparicio hatte. Sie hatte ihn in ihr Büro gebeten. Sie wollte wie gewohnt an ihrem Sekretär sitzen und mit dem Notar Dokumente durchsehen, dort wo sie angeblich die Kette gefunden hatten.

›Guillermo Aparicio. Wie wird er sich verhalten, wenn er mich nicht antrifft? Phelipe wird ihn empfangen, ihn in lockeres Geplauder verwickeln, das ist seine Stärke. Er wird ihm eine Lüge auftischen, da bin ich sicher. Phelipe wird versuchen, alle Geschäfte sofort an sich zu ziehen. Das wird Aparicio hoffentlich verhindern. Er ist klug und scharfsinnig. Ich mag ihn wegen seiner Ehrlichkeit und Geradlinigkeit. Er ist meine einzige Hoffnung.

Der Mayordomo begrüßte Aparicio mit großem Bedauern, dass Doña Vicenta nicht anwesend sei und dass er im Augenblick keinen Hinweis darauf habe, wann er sie wieder antreffen könne. Er möge es doch in ein paar Tagen noch einmal versuchen.

»Ist sie verreist?«

Phelipe fragte aus einem Nebenraum.

»Alfredo, wer ist da?«

»Es ist der Herr Anwalt, Señor.«

Alfredo vermied bockig, ihn mit Don Phelipe anzusprechen. Er wusste von Phelipes bürgerlicher Herkunft. Mayordomos wissen alles. Sie tauschen sich mit ihren Kollegen in den anderen Häusern aus. Sie teilen die bestgehüteten Geheimnisse miteinander und schweigen.

»Er soll hereinkommen.«

Alfredo zog die Schultern resigniert in die Höhe, ließ Aparicio eintreten und führte ihn ins Vicentas Büro.

»Kaffee wie üblich, Señor Aparicio?«

»Gern. Vielen Dank.«

Phelipe ließ Aparicio zehn Minuten warten. Dann trat er in den Türrahmen.

»Guter Kaffee, nicht wahr? Er stammt aus Mittelamerika. Aus Costa Rica, der Reichen Küste. Ich importiere ihn von dort.«

»In der Tat? Ich liebe dieses Aroma. Wo ist Doña Vicenta? Kommt sie später? Ich könnte auf sie warten.«

»Oh, sie ist beim Bischof. Und sie wird dort noch eine ganze Weile blei …«

Er brach den Satz ab, als er merkte, dass er sich unvorsichtig verplappert hatte.

»Es geht mich zwar nichts an, Don Phelipe, ich frage trotzdem. Was macht sie beim Bischof? Geht es um das Testament? Sollte dies der Fall sein, geht es mich doch etwas an.«

Er wollte einen Köder legen, Phelipe zum Plaudern bringen. Doch der ging nicht darauf ein.

»Was gibt es Wichtiges, Señor Aparicio? Ich bin zuversichtlich, das können auch wir beide erledigen, oder? Vicenta hat mich stets auf dem Laufenden gehalten. Zeigen Sie mal her.«

Aparicio hatte seine Mappe auf den Sekretär gelegt. Phelipe griff danach, doch Aparicios Hand war schneller. Flach und schwer ließ er sie auf der Mappe liegen.

»Ich fürchte, ich bin für *unser* Gespräch nicht ausreichend genug vorbereitet. Wisst Ihr, Doña Vicenta kennt die Vorgeschichte dieses Falls bis in alle Einzelheiten. Ich müsste noch einmal in mein Büro, um erläuternde Unterlagen zu holen. Ihr solltet von mir erschöpfend und umfassend informiert werden. Das bin ich Euch schuldig. Darf ich wiederkommen, sagen wir in zwei Tagen?«

Für einen Augenblick war Phelipe sprachlos. Er hatte gehofft, ihn mit seinem Charme überrumpeln zu können. Aparicio hatte die Mappe schon wieder unter den Arm geklemmt, bereit zu gehen. Don Phelipe musste ihn ziehen lassen.

›Der kleine Aktenschieber fletscht die Zähne. Jedoch er hat ein gutes Argument, das ich nicht aushebeln kann.‹

»Alfredo, führe Señor Aparicio hinaus.«

Alfredo begleitete Aparicio zur Tür und trat mit ihm ein paar Schritte ins Freie außer Hörweite Don Phelipes.

»Ich mache mir große Sorgen um Doña Vicenta, Señor. Gestern haben zwei Kirchenbeamte im Haus herumgeschnüffelt. In Begleitung und mit Zustimmung Don Phelipes. Solltet Ihr meine Hilfe brauchen, jederzeit vertrauensvoll zu Diensten, Señor.«

Aparicio fuhr geradewegs zum bischöflichen Palais und meldete sich am Empfang.

»Ich hörte, Doña Vicenta weilt beim Bischof. Wann könnte ich sie sprechen? Ich bin ihr Notar und Anwalt.«

Der Franziskaner wurde augenblicklich blass.

»Darüber darf ich Ihnen keine Auskunft geben.«

Er stammelte.

»Warten Sie hier. Nehmen Sie bitte dort drüben Platz.«

Aparicio tat wie geheißen. Der Franziskaner verschwand.

›Warum *darf* er mir keine Auskunft geben? Wer hat ihm was verboten? Phelipe sprach von *einer Weile*. Was geht hier vor? Etwas stimmt nicht.‹

Nach einer halben Stunde erschien der Franziskaner wieder und überreichte Aparicio einen mit Wachs versiegelten Umschlag.

»Ich soll Ihnen diese Botschaft geben.«

»Botschaft? Von wem?«

»Es steht alles darin, Señor.«

»Vielen Dank. Auf Wiedersehen.«

»Gott schütze Sie.«

Der Franziskaner sagte nicht ›Auf Wiedersehen‹. Doch das fiel Aparicio erst später auf. In seiner Droschke brach er das Siegel auf und las.

›Kommen Sie Morgen um zehn Uhr zur Beichte.
Padre Miguel‹

Die große Glocke des ›Miguelete‹ läutete zur vollen Stunde, als Aparicio die Kathedrale betrat. Er hatte die lapidare Notiz wiederholt betrachtet und untersucht. Das Papier war teuer. Zu teuer für einen Padre, der die Beichte abnimmt. Die Tinte war anscheinend aus dem teuren Sepia hergestellt, dem Wehrsekret der Tintenfische, das verriet ihm die dunkelbraune Farbe. Nicht zu vergleichen mit der preiswerten Eisengallustinte, wie er sie benutzte. Kein Padre fordert jemanden persönlich auf, zur Beichte zu erscheinen. Hinter der Aufforderung konnte sich nur eine Botschaft verbergen, geheimnisvoll, konspirativ. Das machte es spannend. Aparicio war auf alles vorbereitet. Suchend schritt er die Beichtstühle ab, bis er das Namensschild ›Padre Miguel‹ unter der geschnitzten Rose gefunden hatte. Er öffnete die niedrige Halbtür an der Seite, zog den Vorhang zu und ließ sich langsam auf die Kniebank sinken. Der Padre war schon da, seine Kutte war durch das Gitter zu erkennen. Eine Kerze flackerte.

»Gelobet sei der Herr«, grüßte Aparicio.

»In seiner Allmacht und Güte«, erwiderte der Padre.

»Amen.«

»Sind Sie Guillermo Aparicio, der Anwalt, mein Sohn?«

»Ja, der bin ich, Padre.«

»Wann haben Sie zum letzten Mal gebeichtet?«

»Vor zwei Wochen, Padre«, log Aparicio in Beantwortung der üblichen Frage. Dann wich der Padre von der Beichtroutine ab.

»Ihnen ist eine Doña Vicenta von Person bekannt?«

»Sie ist meine Mandantin. Sie soll sich angeblich im bischöflichen Palast befinden. Dort wollte ich sie gestern sprechen, doch man gab mir eine Botschaft, hierher zu kommen.«

»Ich erinnere dich daran, mein Sohn, dass alles was wir hier und jetzt besprechen, *sub rosa* zu bleiben hat.«

»Ich werde alles als Geheimnis wahren, Padre.«

»Wie es sich für Gespräche im Beichtstuhl gehört«, ertönte es.

Dann streifte der Padre seine Kapuze in den Nacken. Sein Kopf wurde deutlich sichtbar, als er langsam das Beichtgitter öffnete. So etwas war bei Ohrenbeichten völlig gegen die Regel. Aparicio schaute perplex durch den offenen Rahmen direkt in das Gesicht des Bischofs.

»Exzellenz! Sie?«

Aparicio hatte erwartet, dass ihm irgendein untergeordneter Mönch oder Priester eine Nachricht oder ein Dokument überreichen würde. Aber Alonso de Ponce persönlich hier zu treffen war ihm in seiner kühnsten Phantasie nicht eingefallen.

»Ich sehe Sie sind erstaunt, Señor Aparicio. Es ist gut, dass wir uns so schnell sprechen können, denn es ist dringend. Der Ort und meine Verkleidung mögen Ihnen ungewöhnlich erscheinen, doch hier bin ich vor unliebsamen Lauschern sicher. In meinem Büro haben die Wände Ohren.«

Aparicio gewann schnell seine Fassung zurück.

›Warum tut der Bischof so etwas? Der Aufruf zur Beichte ist also nur ein Vorwand! Dies ist kein lustiger kleiner Karneval. Es geht um etwas Anderes. Jetzt bin ich gespannt.‹

Konzentriert musterte er den Kirchenfürsten und wartete ab.

»Wie ist Ihr Verhältnis zu Doña Vicenta?«

»Ich bin ihr Rechtsberater, vor allem in Sachen Erbschaft ihrer verstorbenen Tante.«

»Und privat? Ich meine zu wissen, die Ehe mit Don Phelipe ist nicht sehr erfolgreich.«

Aparicio war versucht zu lachen, doch er beherrschte sich.

»Wie ich schon sagte: Unser Verhältnis ist rein beruflicher Art. Ich bin nicht ihr Liebhaber, solltet Ihr *das* meinen. In das Privatleben von Doña Vicenta bin ich nicht einbezogen. Gestattet mir trotzdem die Frage. Wo ist sie? Kann sie bald ihre Arbeit wieder aufnehmen?«

Der Bischof schien erleichtert über Aparicios Antwort.

»Sie befindet sich im Gewahrsam der Inquisition.«

»Wie bitte, Exzellenz?«

»Und wann sie den verlassen kann, liegt weit außerhalb meines Einflusses. Die Frage ist vielmehr, ob sie ihre Arbeit jemals wieder wird aufnehmen können.«

»Exzellenz! Ich bitte Euch. Ihr geruht zu scherzen.«

»Ich pflege nicht zu scherzen. Hören Sie mir einfach nur zu!«

Es war unbequem im engen Beichtstuhl. Der Bischof öffnete den Vorhang einen Spaltbreit, um zu prüfen, ob jemand in der Nähe war. Ein Hauch kühler Kirchenluft strömte herein, mit abgestandenem Weihrauch vermischt. Dann zog er ihn wieder zu.

»Doña Vicenta wird der Häresie bezichtigt. Während der ersten Befragung hat ihr der Inquisitor Beweisstücke vorgelegt, eindeutige Beweise. Aber sie leugnet hartnäckig. Während dieses Verhörs bat sie um ein Gespräch mit ihrem Anwalt und nannte Ihren Namen.«

»Verzeiht, dass ich Euch unterbreche. Ich kenne Doña Vicenta zu wenig, um sagen zu können, ob sie einem anderen Glauben angehört. Für mich ist sie gläubige Katholikin. Welcher Art sind diese Beweise?«

»Darüber kann ich Ihnen nichts mitteilen, das ist Angelegenheit der Inquisition. Sie müssten die Frage an Doktor Don Fermín Joseph de Charola richten, den Inquisitor in Valencia. Ich frage Sie, würden Sie eventuell als Doña Vicentas Rechtsvertreter auftreten wollen?«

»Selbstverständlich, wenn sie mich dazu auffordern und mir die entsprechende Vollmacht erteilen würde. Doch das ist bisher nicht geschehen. Ohne diese Vollmacht darf ich in diesem Fall nicht einmal Ermittlungen aufnehmen. Es ist gegen das Gesetz.«

Wieder huschte ein Ausdruck der Erleichterung über das Gesicht des Bischofs.

»Meint Ihr, dass mir der Inquisitor Auskünfte erteilt?«

»Ich fürchte, er wird Sie nicht einmal empfangen. Er beschäftigt eigene Anwälte …«

»… die ihm treu ergeben sind?«

»Die bei der Inquisition zuglassen sind.«

»Was soll ich nach Eurer Meinung tun? Warum habt Ihr mich hergebeten, Exzellenz?«

»Ich kann Ihnen nur so viel sagen: Bei mir sind jüdische Schriften abgegeben worden, die Doña Vicentas Mädchennamen tragen. Finden Sie deren Quelle heraus. Vielleicht können wir auf diesem Wege den Verdacht entkräften und Doña Vicenta vor dem Scheiterhaufen retten. Berichten Sie mir sofort jede noch so unwichtig scheinende Einzelheit, wenn Sie etwas herausfinden. Außerdem fand man in ihrem Haus eine verdächtige Halskette.«

Der Bischof beschrieb das Schmuckstück.

»So etwas hat sie bisher nicht getragen, soweit ich mich erinnern kann. Aber Ihr habt meine Frage noch nicht beantwortet. Wo ist sie?«

»Sie befindet sich in einem unserer Verliese. Gesundheitlich geht es ihr gut, aber sie leidet entsetzlich unter der Beschuldigung. Der Inquisitor hat sich an diesem Fall festgebissen, und er ist ein sehr mächtiger Mann. Ich kann nicht sagen, was die Inquisition daraus machen wird. Auf die habe ich keinen Einfluss, denn sie ist mir nicht unterstellt. Sie darf keinesfalls von unserem Gespräch erfahren. Wir könnten selbst Opfer werden.«

»Verschwiegenheit ist Teil meines Berufes, Exzellenz.«

»Sehr gut, Aparicio. Damit wäre alles gesagt. Machen Sie sich an die Arbeit und berichten Sie mir umgehend.«

»Das ist leicht gesagt, Exzellenz. Um überhaupt beginnen zu können, benötige ich einen ersten Hinweis. Auf welchem Wege kamen die Bücher zu Euch, Exzellenz? Jemand muss sie am Empfang Eurer Residenz abgegeben haben. Sicher wurde die Entgegennahme an der Pforte eingetragen.«

Der Bischof zögerte einen Augenblick.

›Der Mann denkt mit. Er hat Recht, ich muss es ihm sagen, wenn er den Ermittlungen Don Fermíns zuvorkommen soll. Ich darf kein Misstrauen aufkommen lassen.‹

»Ein Junge gab die Bücher bei uns ab. Beim Empfang wurde sein Name notiert, er heißt Joaquín Zapatero und soll ungefähr zwölf Jahre alt sein.«

»Zapatero ist ein Allerweltsname. Das wird nicht einfach und kann Wochen dauern. Stellt Euch den Argwohn der Menschen vor, wenn ich beharrlich nach einem zwölfjährigen Jungen suche. Die Stadt ist klein. Man könnte mir böse Dinge unterstellen.«

Aparicio dramatisierte seinen Einwand absichtlich.

»Wir haben keine Zeit. Der Inquisitor erwähnte, Doña Vicenta nach Zaragoza oder Madrid zu verlegen. Er fürchtet den Unmut der Bevölkerung, wenn etwas nach draußen sickert.«

»Exzellenz, ich werde tun, was in meinen Kräften steht.«

»Gehen Sie mit Gott, mein Sohn. Und seien Sie verschwiegen.«

Der Bischof schloss das Gitter und zog die Kapuze ins Gesicht. Aparicio erhob sich und verließ den Beichtstuhl. Während er sich die eingeschlafenen Beine rieb, nie zuvor hatte er so lange in kniender Stellung verharrt, beobachtete er den Padre, der mit langen Schritten einer Treppe hinter den Seitenkapellen zustrebte. Aparicio verließ die Kathedrale durch das barocke Hauptportal und kniff in der grellen Mittagssonne die Augen zusammen.

Er überquerte die *Plaza de la Reina* mit schnellen Schritten. Der Weg war kurz, aber schnell waren seine Beine wieder durchblutet. An der frischen Luft wurden seine Gedanken klar.

›Ich hasse Beichtstühle.‹

Er betrat ein Café und bestellte Fino und Kaffee.

›Doña Vicenta ließ nach mir rufen, sagte der Bischof. Sie erbat meine Hilfe. Da ein Bischof nicht lügt, betrachte ich das als mündliche Vollmacht, ihr juristisch beizustehen. Unterschreiben kann sie später. Er hat sich umsichtig verkleidet, um nicht als Bischof mit mir gesehen zu werden. Er wollte wissen, ob ich den Fall untersuche. Er legte einen Köder aus, und ich habe angebissen. Er will vergleichen, ob das, was ich eventuell herausfinde, mit dem übereinstimmt, was er weiß, aber niemand sonst wissen soll, schon gar nicht der Inquisitor. Oder er will mich mit den jüdischen Schriften auf eine falsche Fährte locken. Wie auch immer, Vicenta ist in einer verdammt misslichen Lage. Ich muss ihr helfen.‹

Dann machte er sich Notizen. Er zahlte mit einem üppigen Trinkgeld und fragte den Kellner nach einer Familie Zapatero mit einem elfjährigen Jungen, der Joaquín hieß.

»Ich schulde dem Jungen Geld. Er hat mir vor ein paar Tagen ein Päckchen in die Residenz des Bischofs getragen, nur hatte ich nicht genügend Kleingeld dabei. Ich möchte ihm den Restbetrag übergeben. Und ich habe vielleicht weitere Aufträge für ihn.«

»Wie erreiche ich Sie, Señor?«

»Ich komme auf einen Kaffee vorbei.«

Es war ein Schuss ins Blaue, aber die Suche hatte begonnen. Aparicio war zuversichtlich. Friseure und Kellner wissen alles. Und falls nicht, bringen sie es in Erfahrung. Grübelnd stieg er in eine Droschke und gab dem Kutscher die Adresse seines Büros. Er drehte sich um und sah zum bischöflichen Palast hinüber.

›Irgendwo dort im Kellergewölbe sitzt Doña Vicenta und wartet verzweifelt auf ihr ungewisses Schicksal. Das hat sie nicht verdient. Ich muss sie da herausholen! Und die Zeit drängt.‹

Er mochte das rhythmische Klappern der Pferdehufe. Für ihn war es eine Melodie, bei der er klar und geordnet nachdenken konnte.

›Nein, Herr Bischof, so geht das nicht. Sie erfahren von mir so viel wie nötig und so wenig wie möglich. Und auf Don Fermín werde ich auch ein Auge werfen.‹

In der Kanzlei angekommen, begann er einen Brief an seinen Studienfreund Luís Echevarría in Valladolid aufzusetzen. So weit er sich erinnerte, stammte die Familie de Charola von dort.

Aparicio hatte die halbe Nacht wach im Bett gelegen, konnte nicht einschlafen. Er grübelte über die sinnwidrige Anschuldigung gegen Doña Vicenta und die möglichen Gründe dafür.

›Das verdammte Testament! Es könnte damit zusammenhängen. Jetzt muss sie auch noch für den Starrsinn ihrer Tante büßen. Ich muss irgendwie den Kontakt zu ihr suchen. Sie soll das Gefühl haben, dass irgendwer hier draußen sich um sie kümmert, damit sie Zuversicht bekommt. Aber wie?‹

In den frühen Morgenstunden hatte er eine Idee. Wenngleich sie skurril anmutete, er musste es versuchen. Unausgeschlafen postierte er sich am späten Morgen gegenüber dem Stadtpalais Doña Vicentas und wartete darauf, dass die Kutsche mit Don Phelipe das Anwesen verließ. Dann ging er hinüber und meldete sich beim Mayordomo.

»Alfredo, guten Morgen.«

Alfredo schien noch besorgter als beim letzten Treffen.

»Kommen Sie herein, Señor. Wann kommt Doña Vicenta wieder zurück? Haben Sie Neuigkeiten?«

»Ja und nein. Ich war gestern beim Bischof. Sie wird angeblich im Palast festgehalten, aber ich habe nicht mit ihr sprechen dürfen. Ich muss wissen, ob sie wirklich dort ist. Wir müssen das überprüfen.«

Beim Wort ›wir‹ bekam Alfredo glänzende Augen.

»Ich bin dabei, Señor Aparicio. Wie kann ich Ihnen helfen?«

»Ich habe die ganze Nacht gegrübelt. Dann hatte ich eine Idee. Sie braucht frische Wäsche. Was ist also unverfänglicher als ein Paket Wäsche? Würden Sie etwas zusammenpacken? Ich werde das Paket noch heute in den bischöflichen Palast bringen. Sollte es angenommen werden, haben wir die Gewissheit, dass sie dort ist. Falls nicht, habe ich keinen Rat mehr. Dann sieht es düster aus. Gleichzeitig habe ich vor, ihr im Paket eine Botschaft in die Zelle zu schmuggeln. Und kein Wort zu …«

Alfredo setzte eine vorwurfsvolle Miene auf.

»… Señor Aparicio! Selbstverständlich werde in Señor Phelipe nichts erzählen. Gut, dass Sie helfen. Warten Sie bitte in ihrem Büro. Ich bin gleich zurück.«

Aparicio hatte eine Botschaft vorbereitet, die sie zusammen mit Papier und einem Stift so geschickt zwischen der Wäsche versteckten, dass sie bei einer Kontrolle unbemerkt bleiben müsste.

»Señor Aparicio, ich werde einen Kollegen auf das Personal in der bischöflichen Residenz ansetzen. Irgendjemand muss ihr Essen und Trinken bringen und das Geschirr wieder abholen. Für ein paar Maravedí könnten wir einen kleinen Kurierdienst in die Wege leiten. Wir könnten Briefe in die Serviette schmuggeln oder unter die Teller kleben.«

»Eine sehr gute Idee. Sie haben Recht, wir können ihr nicht jeden Tag Wäsche bringen, ohne damit aufzufallen.«

Aparicio war froh, in Alfredo einen Verbündeten zu haben. Hauspersonal war so etwas wie eine Kaste für sich, eine dünne soziale

Zwischenschicht in der Gesellschaft. Die Bediensteten waren stets in der Nähe ihrer Herrschaft, standen ihr aber nicht zu nahe. Sie waren mit intimen Vorgängen im Haus vertraut, durften sich aber niemand außerhalb des Hauses anvertrauen. Sie wurden von ihrer Herrschaft gelobt, gedemütigt, bestraft und ausgenutzt. Was lag näher, als sich untereinander auszutauschen, sich zu beraten und bei Schwierigkeiten gegenseitig zu helfen? Das Hauspersonal war eine übergreifende Zweckgemeinschaft. Das wollte Aparicio zugunsten Doña Vicentas einsetzen.

Er gab Alfredo einen Vorschuss und ließ sich zum bischöflichen Palast fahren. Der Franziskaner erkannte ihn wieder und versprach, das Wäschepaket umgehend hinunter zu bringen. Aparicio hatte die gewünschte Gewissheit.

Am Nachmittag ließ sich Aparicio nach Borbotó hinausfahren, um seinen alten Freund Rafael Ibáñez zu treffen, den *alcalde*. Sie hatten sich an der Universität kennengelernt, aber Rafael hatte sein Studium abbrechen müssen. Er hatte es nicht zu Ende finanzieren können. Er war froh gewesen, den Posten als Bürgermeister zu bekommen. So konnte er seine juristischen Kenntnisse anwenden, und er machte dort gute Arbeit.

»Hola, Guillermo. Was willst du schon wieder? Meinen edlen Wein schlürfen?«

Ibáñez hatte gute Kontakte zu den Winzern weiter oben im Tal, von denen er immer ein paar feine Tropfen in einer kühlen Ecke des Hauses lagerte.

»Rafa, ich glaube wir haben es bitter nötig. Ich muss dir etwas Erstaunliches berichten.«

Sie setzten sich in sein Amtszimmer. Ibáñez schenkte ein. Als Aparicio mit seinem Bericht fertig war, schnalzte Ibáñez laut mit der Zunge. Er tat das immer, wenn er richtig wütend war. Ein trockenes, gutturales Schnalzen.

»*Hombre!* Das ist eine Geschichte! Zwei falsche Beweisstücke können ein Leben zerstören. Hast du sie sehen können?«

»Sie sitzt doch im Verlies.«

»Nein, nicht sie, die Beweise.«

»Natürlich nicht. Die sind bei der Inquisition. Weltliche Anwälte werden nicht zugelassen, also kann ich die Beweisstücke nicht sehen. Bücher sind Bücher, aber hebräisch kann ich nicht. Und die Kette hat mir der Bischof ebenfalls beschrieben. Aus Silber mit einem eckigen Anhänger. Etwa so groß.«

Er hielt Daumen und Zeigefinger zwei Zoll auseinander.

»Etwas Ähnliches trug Juana Beltrán in ihrer vollen Bluse, als sie mit ihrem Mann das Grundstück besichtigten. Kannst du dich nicht erinnern?«

»Richtig. Jetzt, wo du es sagst. Sie trug die Kette als sie ankamen, danach nicht mehr«, erinnerte sich Aparicio

»Du hast tiefer in die Bluse geschaut als ich, alter Schlingel. Wir sollten zu Juana Beltrán fahren und uns die Kette einmal zeigen lassen. Vielleicht ähnelt sie der Beschreibung des Bischofs.«

»Zuerst trinke ich den Wein aus. Wäre zu schade, ihn stehen zu lassen.«

»Tempranillo aus Requena. Das Tal hinauf und über den Pass. Willst du welchen mitnehmen?«

»Gern.«

»Bringe mir den Schlauch zurück. Ziegenleder ist teuer.«

»In Frankreich füllen sie Wein schon in Flaschen aus Glas.«

»Ja, Frankreich! Spanien ist ein rückständiges Land. Immer zwei Generationen hinterher.«

Juana Beltrán fütterte die Hühner, als sie ankamen.

»Ay, wir bekommen hohen Besuch! Joseph müsste jeden Augenblick hier sein. Ich muss gleich das Essen richten.«

»Wir brauchen nicht auf Joseph zu warten, Señora Beltrán. Wir halten Sie auch nicht lange auf.«

»Juana reicht.«

»Wir möchten uns nur ihre Halskette einmal ansehen, die Sie neulich trugen, und fragen wo sie die gekauft haben.«

Aparicio und Ibáñez hatten vereinbart, den wahren Grund ihres Besuchs zu verschleiern, um Familie Beltrán wegen der Festnahme ihrer Verpächterin nicht unnötig zu beunruhigen.

»Warum wollen Sie die sehen? Etwas ungewöhnlich, finden Sie nicht?«

›Da hat sie recht‹, dachte Ibáñez und antwortete augenblicklich.

»Ich möchte meiner Frau auch so etwas kaufen.«

»Meine Kette ist verschwunden. Seit dem Tag der Besichtigung. Ich hatte sie abgenommen, in die Hütte gelegt und dann vergessen. Als mein Mann sie am nächsten Tag holen wollte, war sie weg. Ich nehme an, *gitanos* haben sie geklaut. Das Pack läuft ja überall herum. Ich bin ziemlich sauer auf die, und auf mich selbst. Ich hatte die Kette erst einen Tag. Joseph hat sie mir vom Markt mitgebracht. Ah, da kommt er gerade.«

»*Hola*, die Herren. Ist was mit der Pacht?«

»Nein, nein! Um Gottes willen. Wir wollten nur fragen, wo Sie die Kette für Ihre Frau gekauft haben.«

»Er will seiner Frau auch eine schenken«, plapperte Juana.

»Wirklich?«

Dann berichtete er, woher er sie hatte.

»Señor Beltrán, können Sie mir den Mann vielleicht zeigen, der sie Ihnen verkauft hat?«

»Natürlich. Morgen ist wieder Markt. Wir treffen uns danach an der *Porta Nueva*. So gegen eins.«

»Wollen Sie zum Abendessen bleiben? Dann mach ich uns etwas mehr«, fragte Juana.

»Vielen Dank. Nett gemeint. Aber wir haben noch Termine.«

Auf dem Rückweg nach Borbotó dachte Ibáñez laut nach.

»War Phelipe zum Pinkeln nur *hinter der Hütte* oder war er auch *in der Hütte*?«

Aparicio dachte einen Augenblick lang nach, aber er verwarf die Vermutung Ibáñez' sofort.

»Auch wenn er in der Hütte war. Der klaut sicher keine billige Silberkette. Das hat er nicht nötig.«

»Es waren wohl doch die *gitanos*, wie Juana sagte. Oder sie hat die Kette schlicht verloren.«

»Sag mal, Guillermo, warum warst du so nachlässig, Doña Estela nicht darauf hinzuweisen, dass sie der Kirche wenigstens ein paar tausend Maravedí aus dem Erbe zukommen lässt? Das hätte ihr und dir den ganzen Ärger erspart. Jetzt hat Vicenta richtige Probleme.«

»Ich habe es ja versucht. Aber sie war bockig. Sie sagte mir, sie hätte mit bestimmten Leuten in der Kirche noch ein Hühnchen zu rupfen. *Ni un grano!* Nicht einen Pfennig, sagte sie.«

»Was meinte sie damit?«

»Ich weiß es nicht. Sie schwieg darüber. Sie sagte nur, es wäre extrem delikat.«

»Du müsstest Doña Vicenta fragen.«

»Ich würde es tun, wenn ich könnte«, antwortete Aparicio.

»Noch mal zur Kette. Ich argwöhne, da verkauft jemand alten jüdischen Schmuck an einfache Leute, die davon nichts verstehen, und verdient sich ein Taschengeld. Hoffentlich finden wir den. Und wenn wir ihn denn finden, macht er hoffentlich das Maul auf. So etwas zu verscherbeln ist brandgefährlich, wie wir jetzt wissen.«

»Ich hoffe, wir treffen den, und er hat noch ein Exemplar in der Tasche. Ich muss wissen, wie das zweite Beweisstück des Inquisitors aussieht und welche Beweiskraft es gegen Doña Vicenta besitzen könnte. Ich muss versuchen, die Vorwürfe zu entkräften.«

»Und die Bücher?«, setzte Aparicio nach.

»Genauso gefährlich. Religiöse jüdische Werke dürfen weder eingeführt noch verkauft werden. Ich wette, die Bücher waren schon lange im Land. Normalerweise werden sie sorgfältig versteckt. Du musst jemanden kennen, der jemanden kennt, der wieder jemanden kennt, der sie besitzt. Meines Erachtens kommst du an die Information nur über Antiquariate. Die geben aber ihre Quellen nicht preis. Und sie besorgen sie dir nur, wenn sie dir vertrauen und sicher sind, dass du kein Spitzel der Inquisition bist. Stell dich für einen Augenblick in die Schuhe eines Antiquars. Da kommt einer in den Laden und fragt nach dem Talmud. Da blasen doch sofort die Alarmhörner. Du als Kunde musst schon eine glaubhafte Begründung haben, warum er gerade dir den Talmud besorgen sollte.«

»Wem würdest du vertrauen, wärst du Antiquar?«

»Nur einem Ausländer oder einem Kirchenmann.«

Aparicio schwieg nachdenklich.

»Dann müsste ich mir eine Soutane besorgen.«

»Du im Habit! Das möchte ich sehen.«

»Ich hasse es, mich zu verkleiden und als jemand aufzutreten, der ich nicht bin. Ich wäre auf fremdem Terrain. Ein falsches Wort oder eine falsche Geste, und die Tarnung flöge auf. Tatsächlich wollen wir ja keinen Talmud kaufen, sondern nur von ihm wissen, wer einen gekauft hat. Wie könnten wir das erfahren? Wie könnten wir ihn zum Reden bringen?«

»Entweder mit Geld oder mit Druck. Du bietest so viel, dass er nicht ablehnen kann. Oder du gibst vor, etwas zu wissen und drohst, seinen Laden schließen zu lassen.«

»Ist nicht mein Stil, aber ich denke darüber nach.«

»Wir könnten aber auch einer falschen Fährte nachspüren.«

»Gut möglich. Aber versuchen sollten wir es.«

Vicenta lag auf ihrem harten Bett und starrte an die Decke. Sie war zur Untätigkeit verdammt und völlig von der Welt da draußen abgeschnitten.

›Nicht einmal eine grün schillernde Schmeißfliege leistet mir ihre summende, vorwitzige Gesellschaft. Ich habe niemanden zum Reden, kein Buch zu Lesen, keinen Federkiel zum Schreiben, kein Instrument zum Musizieren. Sie erlauben nicht einmal die Bibel. Ich warte, dass sich die Klappe öffnet und die nächste Mahlzeit schweigend hindurch geschoben wird. Das ist Folter! Irgendwann werde ich hier verrückt.‹

Sie stand auf und ging an den Wänden entlang auf der Suche nach Mäusekot.

›So einen kleinen Nager würde ich mit etwas Brot locken und mich mit ihm anfreunden. Ich könnte ihn zähmen und ihm kleine Kunststücke beibringen. Ganz sicher unterliegen die Mäuse in der bischöflichen Residenz auch dem Verbot, mit mir in Kontakt zu treten. Ob sie sich daran halten? Und wenn sie dagegen verstoßen? Haben die Mäuse eine eigene Inquisition? Mit *Don Ratón Católico* als Chef?‹

Ergebnislos gab sie die Suche auf. Sie setzte sich müde auf den Bettrand und erinnerte sich an ihren Traum.

›Letzte Nacht hat Tante Estela zu dem kleinen Fenster dort oben hereingeschaut und mich hier einsam liegen sehen. Ihr Gesicht lief rot an vor Wut. Sie rannte los, suchte und fand Don Fermín. Sie brüllte ihn laut an und schlug ihm wieder und wieder mit all ihrer Kraft den zusammengeklappten Sonnenschirm über den Schädel, bis er zerbarst. Don Fermín wimmerte wie eine gequälte Katze, ganz hoch und schrill. Vom Lärm wachte ich auf.‹

Ganz allmählich breitete sich Verzweiflung in ihr aus. Sie fühlte sich von der Welt alleingelassen, herausgerissen aus ihrem Leben durch diese grausame Institution des Heiligen Offiziums. Sie fühlte sich außerstande und machtlos, die Beschuldigungen des Inquisitors zu entkräften.

›Sie durchschauen Phelipes schmutziges Spiel nicht, weil sie es nicht wollen. Sie jagen noch immer nach Scheinkonvertiten. Sie sind verblendet in ihrem Ehrgeiz, den katholischen Glauben rein zu halten und suchen *nicht* nach der Wahrheit. Sie wollen absolute Macht über die Menschen in unserem Land. Sie können und wollen nicht mit den anderen Religionen teilen. Dabei glauben die Juden, die Christen und die Muslime an denselben Gott, nur mit verschiedenen Ritualen. Wie gern hätte ich zurzeit der Mauren gelebt, wahrscheinlich wäre ich damals stolz auf meine christliche Religion gewesen. Heute bin ich es nicht mehr. Was ich auch sage, der Inquisitor dreht mein Wort um und nutzt es für seine ambitionierten Ziele. Ich fühle mich verloren.‹

Plötzlich wurde die Tür geöffnet, und der uniformierte Wächter in Pluderhosen, langschäftigen Stiefeln und einem grünen Barett auf dem Kopf trat in den Raum.

›Jetzt holen sie mich wieder zum Verhör‹, dachte sie.

Er blieb bei der Tür stehen und winkte jemanden herein. Ein junger Franziskaner trat ein, legte ein Paket auf den kleinen Tisch aus Eichenholz und sah sie an.

»Das ist für Euch abgegeben worden.«

»Von wem? Was ist darin?«

»Keine Unterhaltung!«

Der Wächter fauchte den Mönch barsch an und schob ihn wieder hinaus. Er zog die Tür zu und schob laut den Riegel vor. Vicenta war allein. Neugierig öffnet sie das Papier.

›Endlich neue Wäsche!‹

Stück für Stück legte sie die Wäschestücke auf das Holzregal am Fußende des Bettes und stieß auf etwas Hartes.

›Meine Seife!‹

Dann entdeckte sie zwischen ihrer Unterwäsche den Stift, das Papier und den Brief.

›Eine Botschaft!‹

Sie ging zum Guckloch, um sich zu vergewissern, dass sie nicht beobachtet wurde. Aber es war verschlossen. Sorgfältig faltete sie den Brief auseinander, legte ihn auf den Tisch und strich das Papier glatt. Sie sah zuerst die Anrede und dann die Unterschrift. Ihr Herz schlug schneller.

Vicenta,
ich fasse mich kurz. Habe mit B. gesprochen. Bin nur unvollkommen
informiert. Was muss ich über Sie und B. wissen? Gibt es da
Geheimnisse? Wir nehmen Ermittlungen auf.
Verstecken Sie Ihre Antwort in der schmutzigen Wäsche.
Benutzen Sie dasselbe Packpapier.
Zerreißen Sie diese Botschaft sofort in kleinste Stücke und lösen Sie die
Schnitzel in Ihrem Urin auf.
Halten Sie sich körperlich gut. Gehen Sie dreitausend Schritte jeden
Tag. Achten Sie genau auf Ihre Mahlzeiten. Stellen Sie sich
Rechenaufgaben, lernen Sie Zahlen auswendig.

Nicht vergessen: mens sana in corpore sano.
Wir tun hier unser Bestes.
Gott schütze Sie.
Guillermo

›Guillermo!‹

Ihre Augen wurden feucht. Langsam rollte ihr eine Träne die Wange hinab.

›Endlich ein Zeichen von der Außenwelt. Ich bin noch nicht ganz vergessen. Guillermo hat herausgefunden, wo ich jetzt bin. Wie hat er das geschafft?‹

Sie konnte nicht wissen, dass ausgerechnet ihr Ehemann sich verplappert hatte.

›Wen meint er mit B.? Sicher den Bischof. Natürlich hat der ihn unvollkommen informiert, vielleicht sogar in die Irre geleitet. Welches Geheimnis? Was ahnt er? Was weiß er? Hatte Doña Estela ihm etwas angedeutet? Ich muss es ihm schreiben, muss mich ihm anvertrauen. Es könnte mir helfen. Rührend, wie er sich um meine Gesundheit sorgt. Ab sofort werde ich meine Schritte zählen.‹

Wieder und wieder las sie die mageren Zeilen auf dem kleinen Stück Papier, bis sie sie auswendig kannte. Dann zerriss sie es in kleine Schnitzel, warf sie in den Aborteimer, wo sie sich langsam zu Fasern auflösten. Als wäre eine Kerze entzündet worden, wurde es hell in ihrem Innern.

›Wir tun hier unser Bestes‹, schreibt er.

›Wer ist wir? Hat er Verbündete? Mitstreiter?‹

Sie begann, in der Zelle auf und ab zu laufen.

›Ich muss meine Gedanken ordnen, bevor ich ihm schreibe. Ich muss mich ganz genau erinnern. Es ist schon so lange her.‹

Aparicio saß im Café in der Nähe der Kathedrale. Der Kellner erkannte ihn wieder.

»Ihr sucht nach dem Jungen, dem Ihr noch Geld schuldet, nicht wahr? Vielleicht habt Ihr Glück. In diesem *barrio* wohnen drei Familien namens Zapatero. Eine mit einem Jungen, auf den Eure Beschreibung passt. Vielleicht ist er es. Ich schicke einen *mozo*, um ihn hierher holen zu lassen. Wieder Fino und Kaffee?«

»Kaffee und ein Glas Wasser, bitte.«

Nach kurzer Zeit führte der Kellner den Jungen an seinen Tisch. Der musterte Aparicio genau und mit frechen Augen.

»Eine Limonade für den Jungen, bitte.«

Der Kellner ging.

»Setz dich doch.«

»Ich kenne Euch nicht. Ihr schuldet mir kein Geld, und ich soll mich nicht zu fremden Leuten an den Tisch setzen.«

»Halt die Klappe und setz dich.«

Der Junge gehorchte.

»Aber von fremden Leuten Geld annehmen kannst du wohl. Wie viel hat er dir gezahlt, um das Paket dem Bischof zu bringen?«

»Das war etwas anderes. Der war Padre, und ich habe etwas für ihn erledigt. Bei Padres darf ich das.«

»Wie viel?«

»Zweihundert Maravedí.«

Aparicio pfiff durch die Zähne.

»Ist 'ne Menge Geld. Kannst du ihn beschreiben?«

»Steht auf.«

Jetzt tat Aparicio, wie geheißen.

»Etwas kleiner als Ihr und sehr dünn.«

»Name?«

»Joaquín Zapatero.«

»Nein, der Padre.«

»Hat er nicht gesagt.«

»Würdest du ihn wiedererkennen?«

»Sein Gesicht war im Schatten der Hutkrempe.«

»Etwas Auffälliges an der Kleidung?«

»Sein Mantel …«

»… seine Soutane.«

»… egal. War irgendwie schmuddelig. Eine Naht am Ärmel war aufgerissen.«

»Du kannst beobachten. Jetzt hast du mir einen Gefallen getan, hier sind noch einmal zweihundert.«

Der Junge bekam glänzende Augen. Doch er schaute Aparicio misstrauisch an.

»Und wie heißt Ihr? Seid Ihr von der Geheimpolizei?«

»Sag ich dir nicht. Du kannst jetzt gehen.«

Im Aufstehen und ohne Aparicio aus den Augen zu lassen schlürfte Joaquín hastig seine Limonade. Die freie Hand umklammerte das Geld.

»Adiós, *señor detective*.«

Dann rannte er aus dem Café.

Tief in Gedanken wandelte Aparicio durch die Altstadt. Obwohl Valencia weit über die alte Befestigungsmauer aus der Maurenzeit hinausgewachsen war, spielte sich das Geschäftsleben noch immer in den alten, engen Gassen ab. Hier suchte er nach Buchläden. Er war sich noch immer nicht sicher, wie er die Ladenbesitzer zum Reden bringen könnte.

›Diese Bücherwürmer sind belesen und intelligent. Man darf sie nicht unterschätzen. Sie zu bedrohen wäre zu plump. Ich muss ihr Vertrauen gewinnen.‹

Er betrat das erste Geschäft und besah sich die alten Bücher in den Regalen. Er entdeckte zwei französische Werke und erinnerte sich an seine Zeit in Paris. Der Besitzer kam zu ihm und fragte ihn, wie er helfen könnte. Aparicio entschied sich für den ehrlichen Weg.

»Ich bin Anwalt und habe ein Jahr an der Sorbonne studiert. Ihr wisst vielleicht, das alte Kolleg in Paris aus dem Mittelalter, an dem später auch Ignatius von Loyola studierte, der Gründer des Jesuiten-Ordens. Ich suche eine Ausgabe des Talmuds. Habt Ihr die auf Lager oder könnt Ihr sie für mich besorgen?«

Aufmerksam beobachtete er die Reaktion des Ladenbesitzers. Würde er sich ängstlich umsehen oder nervös werden? Doch der blieb völlig ruhig und antwortete, dass er den Talmud gewiss nicht vorrätig hätte, ihn aber auch nicht besorgen könnte. Dafür fehlten ihm die Quellen.

»Wenn einer meiner Kollegen überhaupt infrage käme, wäre das Señor Pablo González, zwei Gassen weiter. Versucht es dort.«

Aparicio bedankte sich und ging.

›Ich habe ehrlich gefragt, und er hat ehrlich geantwortet. Keine Spur von Nervosität oder Furcht. Das war der richtige Weg.‹

Er fand den Laden und wiederholte seinen Spruch. González schob ihn sofort in sein Büro. Er drehte sich noch einmal um und sah forschend in den Laden. Niemand hatte reagiert.

»Ihr könnt im Laden nicht einfach nach dem Talmud fragen. Die anderen Kunden bekommen solche Ohren.«

Er machte eine Geste mit beiden Händen, die die Größe eines Schweinsohres bedeuten konnte.

»Entweder seid Ihr lebensmüde oder naiv. Ihr seid hier nicht im liberalen Frankreich, sondern im konservativen Spanien. Wie auch immer, ich muss Euch enttäuschen. Das letzte Exemplar habe ich vor ein paar Tagen verkauft. Und meine Quelle ist versiegt. Ihr müsstet nach Madrid reisen. Da könntet Ihr mehr Glück haben. Aber bitte, kein Wort darüber zu niemandem!«

»Wer war denn der Glückliche? Vielleicht kenne ich ihn.«

»Das glaube ich nicht. Er stammt nicht aus dieser Gegend, er sprach den Dialekt des Nordens, katalanisch, nicht valenzianisch. Er war ein Geistlicher. Den Namen kenne ich nicht. Derartige Geschäfte pflege ich anonym abzuwickeln. Ach so, er bat mich noch um Feder und Tinte, um eine Widmung hineinzuschreiben.«

Aparicio bedankte sich und ging zu seiner Kutsche. Der Inhaber war beruhigt, ihn loszuwerden.

›Ein Geistlicher! Joaquín hat also nicht gelogen.‹

Aparicio fuhr nach Borbotó, um seine Erkenntnisse mit Rafael Ibáñez zu besprechen.

»Bevor du anfängst zu erzählen, muss ich dich enttäuschen. Ich war mit Joseph an der *Porta Nueva*. Aber der Verkäufer der Kette ist nicht aufgetaucht. Dieser Weg war eine Sackgasse.«

»Jammerschade.«

Dann berichtete Aparicio.

»Du hast den Weg der verbotenen jüdischen Schriften bis zum Händler zurückverfolgt, aber wir kennen die Quelle nicht. Wir treten auf der Stelle. Was tun wir jetzt?«

Aparicio dachte nach.

»Lass uns zu Juana fahren und mit ihr reden. Sie soll Anzeige gegen Unbekannt erstatten und uns als Zeugen benennen. Wir werden bezeugen, dass die Kette während der Besichtigung des Grundstücks verschwand. Wir sagen, dass wir Phelipe in die Hütte gehen sahen, aber keinen Beweis haben, dass er sie genommen hat. Dann sagen wir, wir, dass sich die Kette jetzt in den Händen des Inquisitors befindet, dass wir aber nicht wissen, wie sie dorthin kam.«

Ibáñez hob die Hände.

»Halt, mein Freund! Du legst dich mächtig ins Zeug. Sehr Mutig! Erstens: der Verdacht gegen Phelipe ist mehr als zweifelhaft. Einen Ehrenmann solch einer Lappalie zu beschuldigen ist gewagt. Und zweitens wissen wir nicht, ob wir über dieselbe Kette reden. Vielleicht gibt es mehrere.«

»Wir verdächtigen ihn ja nicht, wir geben nur einen Hinweis. Dem muss die Polizei nachgehen und wird ihn befragen. Darauf muss er reagieren. Er wird leugnen. Ich kenne den Stadtkommandanten. Er liebt solche Fälle. Er wird die Inquisition bitten, die Kette identifizieren zu dürfen. Juana kann das, und wir können das, denn wir haben sie gesehen. Ist sie es nicht, ist diese Spur tot. Ist sie es doch, wird die Anklage der Inquisition gegen Vicenta zumindest infrage gestellt. Dann ist die Behauptung widerlegt, sie sei Vicentas Eigentum. Rafa, es ist waghalsig und ungewiss. Aber ich meine, es ist die Sache wert.«

Ibáñez hatte aufmerksam zugehört.

»Ich muss dich etwas fragen. Etwas Persönliches. Du hast das Recht zu schweigen. Bist du in Vicenta verliebt? So wie du dich in den Fall hineinsteigerst ...«

»... ich will meine Mandantin nicht verlieren.«

»Interessante Antwort. Du hättest lieber geschwiegen, denn du warst schon immer ein miserabler Lügner. Dein Blick spricht Bände. Du steckst emotional tiefer in dem Fall, als du zugibst. Bleib rational! Sonst machst du Fehler. Aber lass uns das durchziehen. Ich helfe dir, so gut ich kann.«

Aparicio analysierte.

»Die Inquisition hat zwei Zuträger, die Vicenta übel wollen. Das macht es nicht leichter. Bei Phelipe ist mir die Sache ziemlich klar. Er hat ein Motiv, er will an das Erbe. Aber Geistliche gibt es wie Sand am Meer. Wie den richtigen Padre finden?«

»Ich habe keine Idee, Guillermo. Das zeitliche Zusammentreffen der Ereignisse sagt mir, es kann nur mit dem verfluchten Testament zusammenhängen, vielleicht sogar mit dem Pachtvertrag. Aber ich bin mir dessen nicht sicher.«

Beide schwiegen nachdenklich. Ibáñez' Frau kam herein.

»Dass ihr beide euch anschweigt, habe ich noch nie erlebt. Denkt ihr nach oder wartet ihr auf eine Eingebung?«

Ibáñez hatte keine Geheimnisse vor seiner Frau und sie über den Stand der Dinge informiert.

»Ich mache euch einen Vorschlag. Brecht das Schweigen ab. Am Sonntag kommst du zu uns. Wir besuchen zusammen die Messe in der Pfarrkirche San Pedro, und anschließend essen wir bei uns zu Mittag. Ich koche uns was Gutes. Bis dahin habt ihr wieder Gesprächsstoff.«

»Gute Idee. Danke für die Einladung, Rosa. Ich komme gerne. Aber jetzt muss ich. Es dämmert bereits.«

»Ist dein Ross nachtblind?«

»Ich fahre nicht gern im Dunkeln. Ist ein langer Weg bis in die Stadt, und es läuft viel Gesindel herum.«

»Ja, ja, diese *gitanos*«, schmunzelte Ibáñez.

Die gedrungene Kirche war aus groben Feldsteinen gemauert. Anstelle eines Turmes hatten sie auf die Westfassade eine *espadaña* aufgesetzt, einen offenen Rundbogen, in dem die kleine Glocke hin und her pendelte. Ein junger kräftiger Mönch hielt sie mit einem Seil in Schwung. Das hohe, scheppernde Bimmeln war weithin zu hören. Die Landbevölkerung füllte die schlichten Holzbänke in dem kleinen Kirchenschiff bis auf den letzten Platz. Für Aparicio und Ibáñez, beide in schwarzen Anzügen, und für Rosa im langen Kleid mit schwarzer gestickter Mantilla holte man Stühle aus der Sakristei, die hinter die letzte Bankreihe gestellt wurden.

Nach dem gewohnten *introitus*, den Gesängen, Gebeten und der Lesung des Bibeltextes erklomm Padre Anselmo die fünf Stufen zur niedrigen Kanzel. Rosa beugte sich zu Aparicio hinüber und flüsterte ihm etwas ins Ohr.

»Die Leute nennen ihn den ›Padre mit den zwei Soutanen‹, eine für sonntags und die andere für den Rest der Woche.«

Die hagere Gestalt des Padre stand jetzt in der Kanzel. Er öffnete die Bibel, in die er die Notizen für seine Predigt hineingelegt hatte. Dann schaute auf seine Gemeinde und entdeckte in der hintersten Reihe die drei Gäste. Er sprach die übliche Einleitung vor der Predigt: *en el nombre del padre, del hijo y del espirito santo*. Dann klappte er seine Bibel mit den Notizen wieder zu und sprach den Text aus Matthäus, Kapitel 22 aus dem Gedächtnis:

So gebet dem Kaiser, was des Kaisers ist, und Gott, was Gottes ist.

»So lautet das Wort des Apostels.«

Er räusperte sich.

»Matthäus sagte aber *nicht*: Gebet dem Großgrundbesitzer, was des Großgrundbesitzers ist. Aus dem ersten Buch Mose wissen wir, dass Gott am Anfang Himmel und Erde schuf, und dass Gott den Menschen schuf, ihm zum Bilde. Und er segnete sie und sprach: Seid fruchtbar und mehret euch und füllt die Erde und machet sie euch untertan und herrscht über die Fische im Meer und über die Vögel unter dem Himmel und über alles Getier, das auf Erden kriecht. Er sagte aber nicht, herrschet ein Mensch über den Anderen! Die Erde gehört Gott, ER hat sie uns nur geliehen, uns allen, und nicht einigen wenigen Großgrundbesitzern, damit die Anderen im Schweiße ihres Angesichts für sie arbeiten. Wenn nun ein Großgrundbesitzer ohne Nachkommen stirbt, ist dies die Zeit, das Unrecht der Landverteilung zu beseitigen und das Land Gott zurückzugeben, damit ER es erneut und gerechter verteile. Und genau dies ist nicht geschehen! Was ist geschehen? Das Land, von dem ich rede, das Land einer verstorbenen Besitzerin, gehört jetzt einer entfernten reichen Verwandten, obendrein noch einer Frau! Ein katalanisches Sprichwort sagt:

Gott schuf die Erde und ruhte einen Tag, dann schuf er die Frau und seitdem fand er keine Ruhe mehr.«

Niemand wagte, über diesen herben Scherz zu schmunzeln.

»Liebe Gemeinde, wir arbeiten hart daran, dass Gott seine Ruhe wiederfindet. Wir werden das Unrecht bekämpfen. Nicht mit der Kraft der Knüppel, Äxte und Sensen in unseren Händen, sondern mit der Macht des Wortes und des Glaubens.«

Padre Anselmo hatte bei diesen Worten die Stimme gehoben und pochte mit dem Zeigefinger auf den Rand der Kanzel. Es klang wie eine drohende Ankündigung. Als er geendet hatte, stieg er wieder von der Kanzel, und die Messe nahm ihren gewohnten Verlauf. Dann strömte die Gemeinde aus der Kirche und verteilte sich. Alle machten sich auf den Heimweg.

»Was war denn das für eine Hasspredigt?«, fragte Aparicio.
Ibáñez antwortete.
»Ich bin selbst überrascht. Er ist noch nicht lange in seinem Amt, er kommt aus dem Norden und war wohl Lehrer an einem Internat. Man hört, der Bischof hätte ihn nach hier versetzt, aber niemand weiß warum. Wir konnten ihn bisher nicht so recht einordnen, aber heute hat er Gesicht gezeigt. Er stellt sich auf die Seite der Besitzlosen und wettert gegen die Besitzenden. Genau genommen stößt er damit auf einen wunden Punkt in unserem Land. Wenn ich mich in Borbotó umsehe, gehören achtzig Prozent des fruchtbaren Bodens der Familie Borja. Die haben ihren Besitz zum größten Teil noch nie gesehen. Der

Rest wurde irgendwelchen Landsknechten der kastilischen Krone als Belohnung geschenkt, Leuten, die von Landwirtschaft keine blasse Ahnung haben.«

»Ist der ein Frauenhasser?«, fragte Aparicio.

»Wir wissen es nicht. Jedenfalls hat er keine Haushälterin, mit der er Tisch und Bett teilt. Man erzählt, dass ihm ab und zu junge Mönche bei der Arbeit im Haushalt helfen. Aber das will natürlich nichts heißen.«

»Willst du andeuten, er sei Sodomist?«

»Das ist eine schwerwiegende Anschuldigung ...«

»… besonders wenn man keine Beweise hat.«

»Geht uns auch nichts an, ist ja schließlich *sein* Leben.«

»Aber er ist ein Aufwiegler. Er hat gegen die Landverteilung gewettert, gegen gültiges Recht. Man sollte mit ihm reden. Vor allem du als Bürgermeister solltest solche Rebellen zur Ordnung rufen.«

»Wir könnten das gemeinsam machen«, regte Ibáñez an.

»Sehr gern, wenn sich die Gelegenheit ergibt.«

Rosa Ibáñez wechselte das Thema.

»Wie geht es eigentlich Doña Vicenta?«

»Ich warte auf einen Brief von ihr. Ich habe ihr eine Frage über den Bischof gestellt.«

»Über den Bischof?«, sagten Rafael und Rosa Ibáñez gleichzeitig. Ihre Münder standen vor Erstaunen offen.

»Er fragte mich sehr direkt, wie ich zu ihr stehe. Er muss wissen, dass es um ihre Ehe nicht zum Besten steht und vermutete wohl, *ich* wäre der Grund. Vielleicht fürchtete er, ich würde in ihrer Anklage herumstochern. Als ich sagte, dass ich dazu keine Vollmacht habe und es mir daher verboten ist, schien er sichtlich erleichtert.«

»Wie hast du denn herausgefunden, dass er erleichtert war?«

»Körpersprache.«

»Körpersprache im Beichtstuhl!«

Rosa Ibáñez lachte laut auf.

»Na ja, zwischen den beiden ist irgendetwas oder war etwas. Ich habe das im Gefühl. Deswegen habe ich ihr die Frage geschrieben. Mal sehen, was sie antwortet. Ich greife nach jedem Strohhalm, um sie dort herauszuholen.«

»Rein beruflich, versteht sich«, flachste Ibáñez.

»Rein beruflich«, erwiderte Aparicio mit einem leichten Zucken der Mundwinkel.

Alfredo hatte Phelipe informiert, dass er für Besorgungen zwei Stunden das Haus verlassen müsse. Den Zeitpunkt hatte er geschickt in dessen Abwesenheit gelegt. Er mietete eine Droschke und ließ sich in Aparicios Kanzlei fahren. Der Notar kam sofort aus seinem Büro, als mitgeteilt wurde, wer ihn besuchte.

»Der Kurierdienst ist angelaufen, Señor. Doña Vicenta hat Euch eine Botschaft geschickt.«

Er reichte ihm einen kleinen, eng zusammengefalteten Zettel. Aparicio breitete ihn aus und strich ihn glatt. Er prüfte ihn genau und erkannte sein Papier und die Farbe seines Stiftes wieder. Die Botschaft schien echt zu sein. Dann ging er ans Fenster und las.

Mein verehrter Guillermo,

Ihre Zeilen haben mir wieder Mut gemacht. Vielen Dank, dass Sie sich kümmern. Das Alleinsein in diesem kleinen Raum ist die wahre, die seelische Folter. Manchmal denke ich, bei der physischen Folter ist man wenigstens nicht allein, man hat ja noch den Folterknecht um sich, und den, der das erzwungene Geständnis aufschreibt. Es ist eine etwas kranke Vorstellung, nicht wahr? Habe ich schon Schaden genommen?

Wenn Ihr B. derselbe ist, den auch ich meine, wundere ich mich, dass gerade er Sie informiert hat. Was führt er im Schilde?

Ja, da gibt es etwas, das ich tief in meinem Gedächtnis vergraben habe. Ich kann es nicht vergessen, nur einkapseln. Aber schreiben kann ich darüber nicht. Ich erzähle es Ihnen eines Tages, wenn ich das alles hier überstehen sollte. Die Dinge hier und jetzt in Worte zu fassen und zu Papier zu bringen, würde mich zu sehr schmerzen und mein Dilemma nur noch verstärken.

Dennoch, wenn ich darüber nachdenke, könnte es die Hintergründe für meine Festsetzung erhellen. Mein Rat ist, dass Sie meine Gouvernante aus Kindertagen aufsuchen. Sie heißt Francisca Gutiérrez und wohnt heute in

Alzira. Aber ich warne Sie, sie wird leider nicht viel Erhebendes zu berichten haben.

Ihre Regeln halte ich gewissenhaft ein. Das gibt mir etwas inneres Gleichgewicht, wenn nur diese Einsamkeit nicht wäre.

Sie sind meine einzige Hoffnung.

Vicenta

Nachdenklich sah Aparicio aus dem Fenster über die weite *Plaza de San Francisco.* Alfredo räusperte sich. Aparicio hatte ihn vergessen.

»Señor, ich muss wieder zu meiner Arbeit.«

»Natürlich, natürlich. Verzeihen Sie mir. Doña Vicenta geht es den Umständen entsprechend gut. Ich soll Sie grüßen.«

»Wirklich, Señor? Danke.«

»Ich habe *Ihnen* zu danken, Alfredo. Gut gemacht! In ein paar Tagen werde ich eine Antwort an Doña Vicenta fertig haben.«

Ein mit Siegellack verschlossener Brief wurde Aparicio ins Büro gereicht. Er brach den Wachsklumpen entzwei und las:

Bitte treffen Sie mich am Donnerstag, 10 Uhr 30
am gewohnten Ort in der Kathedrale.
Padre Miguel

Aparicio schmunzelte.

»Das nenne ich Dienst am Kunden! Seine Exzellenz geruht, mich persönlich zur Beichte einzuladen. Schriftlich! Er will wissen, wie weit ich bin, was ich in der Zwischenzeit herausgefunden habe. Er will seinen nächsten Schachzug planen, welche Figur er von wo nach wo setzen will. Wird er nervös?«

Aparicio zwängte sich in den Beichtstuhl und ließ die religiöse Begrüßungsformel außer acht.

»Guten Morgen, Exzellenz.«

»Aparicio, nicht so laut! Und wenn, dann *Padre* bitte. Haben Sie Neuigkeiten?«

Der Bischof hatte das Beichtgitter geöffnet und die Kapuze seiner Kutte wieder zurückgeworfen. Erwartungsvoll sah er den Anwalt an. Seine Miene verriet Spannung.

»Ich versprach, meine Erkenntnisse mit Euch zu teilen. Nun, ich beschränke mich auf Tatsachen, die belegbar sind und werde keine Vermutungen äußern ...«

»… gut, gut, Aparicio. Beginnen Sie«, sagte er ungeduldig.

»Die silberne Halskette wurde Doña Vicenta mit an Sicherheit grenzender Wahrscheinlichkeit untergeschoben. Allerdings weiß ich nicht von wem. Daran arbeite ich noch. Wie ich schon sagte: Keine Vermutungen. Dasselbe oder ein ähnliches Stück wurde kürzlich auf dem Markt verkauft. Bedauerlicherweise ist der Verkäufer an den folgenden Markttagen nicht wieder aufgetaucht, *ergo* konnte ich ihn nicht befragen.«

»Woher wissen Sie das?«

»Ein Zeuge hat es beobachtet.«

»Wer war der Käufer?«

»Ein Bauer, der dort seine Produkte anbot.«

»Haben Sie seinen Namen?«

»Leider nein«, log Aparicio.

»Die Leute kommen und gehen. Keiner fragt nach Namen. Ob es sich um die Kette handelt, die der geehrte Herr Inquisitor in Beschlag genommen hat, lässt sich so nicht belegen. Niemand weiß, wie viele dieser Ketten existieren. Es bleibt daher offen, ob das beschlagnahmte Beweisstück wirklich das Eigentum Doña Vicentas ist. So lange sie das nicht zugibt, befindet sich die Inquisition in einer Grauzone. Sie wird die Eigentumsverhältnisse juristisch nachweisen müssen.«

»Natürlich, natürlich.«

»Es sei denn«, setzte Aparicio nach, »sie wird durch die Folter zu einem Geständnis gezwungen.«

Der Bischof dachte einen Moment nach. Die Kette war ihm nicht so wichtig. Er wollte wissen, ob Aparicio den Weg der Bücher hatte nachvollziehen können. Er dachte an die Worte Don Fermíns und die möglichen Folgen, sollte Aparicio das Geheimnis lüften können.

»Und die Schriften?«

»Ich habe alle Buchgeschäfte der Stadt aufgesucht. Man kann in ganz Spanien keinen Talmud kaufen, sagte man mir, außer vielleicht in Madrid. Dazu müsste ich dorthin reisen.«

»Das wird nicht nötig sein.«

»Die Herkunft der Bücher, die man Exzellenz zuspielte, liegt weiter im Dunkeln. Ohne die Bücher in Händen zu haben, wird die Ermittlung beinahe unmöglich. Meint Ihr, der Inquisitor würde sie mir zeitweise zur Verfügung stellen? Ich möchte sehr gern einen Blick darauf werfen.«

»Völlig ausgeschlossen, Aparicio. Wer gibt in einem Verfahren dieser Bedeutung Beweismittel aus der Hand? Sie brauchen ihn gar nicht erst zu fragen.«

»Darin stimme ich Euch zu. Dann bin ich hilflos und müsste die Ermittlungen eigentlich einstellen.«

Aparicio bemerkte, wie ein leichtes Lächeln über das Gesicht des Bischofs huschte.

›Wenn es mir beim ersten Beichtstuhlgespräch nur ein Gefühl war, jetzt ist es klar. Er spielt falsch‹, erkannte Aparicio.

›Ich soll für ihn ermitteln, damit er seine Winkelzüge planen kann. Er hat nicht vor, Vicenta zu schützen, ganz im Gegenteil, er will sie ans Messer liefern. Jetzt werde ich ihn ein wenig reizen.‹

»Exzellenz, ich werde dennoch mit den Erhebungen fortfahren. Jedoch wurde ich gewarnt. Diese Werke stehen auf dem Index der Kirche. Ich bringe mich möglicherweise selbst in Gefahr. Was meint Ihr soll ich tun?«

Aparicio spielte den Hilflosen.

»Machen Sie weiter, Aparicio, und halten Sie mich unbedingt auf dem Laufenden. Ich halte meine Hand über Sie, solange Sie solche Bücher nicht kaufen. Der Besitz ist strafbar. Was gibt es außerdem noch zu berichten?«

»Das war alles, was ich Euch mitteilen kann. Aber ich habe noch eine Frage, wenn Ihr gestattet.«

»Nur zu.«

»Wie lange kennt Ihr Doña Vicenta?«

Der Bischof zuckte leicht und sah Aparicio durchdringend an. Der erwiderte den Blick standhaft. Die Antwort kam prompt und ohne ein Nachdenken, für Aparicio verdächtig schnell.

»Seitdem Sie das Sakrament der Ehe empfangen hat.«

»Ich danke Euch, Exzellenz. Ich darf mich zu gegebener Zeit wieder bei Euch melden.«

»Tun Sie das bitte. Gott sei mit Ihnen, mein Sohn.«

›Er nennt mich: mein Sohn! Ich würde zu gern wissen, welches Verhältnis der zu seinem leiblichen Vater hat. Vermutlich hat er den längst gegen den Übervater ausgewechselt, wie es Josuah, der Sohn des Zimmermanns Joseph im Heiligen Land tat. Wenn ich mir meinen Vater hätte aussuchen können oder müssen, der Herr Bischof wäre bestimmt nicht in der engeren Wahl. Vielleicht macht der Zölibat manchmal Sinn, indem er gnädig die genealogische Weitergabe von persönlichen Eigenschaften unterbricht.‹

Das Treffen im niedrigen Beichtstuhl war heute angenehm kurz gewesen. Aparicio streckte sich und verließ die Kathedrale durch das Hauptportal. Er drehte sich noch einmal um und sah wieder, wie der Padre in der Kutte die Treppe hinter dem Seitenschiff hinaufeilte.

Eine schwarze geschlossene Kutsche mit dem Stadtwappen von Valencia hielt vor der Residenz Doña Vicentas. Ein stämmiger Mann mit Zweispitz, kurzem Degen und langschäftigen Stiefeln stieg aus und betätigte den Türklopfer aus schwerem Messing. Alfredo öffnete und bat den Gast in dunkelgrüner, goldbetresster Uniform ins Haus.

»Señor, der Stadtkommandant.«

Als Don Phelipe kam, entfernte sich Alfredo dezent, blieb aber in Hörweite mit irgendwelchen Kleinigkeiten beschäftigt und lauschte.

»Don Phelipe Chafreon y Dassi?«

»Der bin ich. Was verschafft mir die Ehre?«

»Señor, wir ermitteln in einer Anzeige wegen Diebstahls.«

»Darf ich sehen?«

Er reichte Phelipe ein aufgerolltes Papier, das Phelipe ruhig und aufmerksam durchlas.

»Gegen Unbekannt. Das betrifft mich nicht. Warum sind Sie dann hier?«

»Ihr wurdet von zwei Zeugen gesehen. Wir möchten Euch ein paar Fragen stellen.«

»Welche Zeugen? Haben Sie Namen?«

»Die darf ich nicht offenlegen. Ihr habt die Anzeige gelesen. Meine Frage ist, wart ihr zur angegebenen Zeit an diesem Ort in der Gemarkung Borbotó?«

Phelipe schüttelte den Kopf.

»Nicht, dass ich mich erinnern könnte. Aber lassen Sie mich nachdenken. Ach ja, jetzt fällt es mir wieder ein. Das war doch die Besichtigung dieses Grundstückes mit den künftigen Pächtern. Ja, ich war dort. Aber ich war nicht in der Hütte.«

»Señor, ich verstehe nicht. In welcher Hütte? In der Anzeige steht nichts von einer Hütte. Hier steht nur ›Entwendung innerhalb der Grenzen des Grundstücks‹ und so weiter.«

»Hütte hin, Hütte her, ich kann mich nicht so genau erinnern. Es ging schließlich um das Grundstück.«

»Darf ich dann zu Protokoll nehmen, dass Ihr die Anzeige als nicht auf Euch zutreffend zurückweist?«

»Genau das. So ist es.«

»Danke. Dann bitte ich Euch, hier zu unterschreiben.«

Er hatte ein weiteres Dokument aus der Tasche gezogen und hielt es Phelipe zur Unterschrift entgegen.

»Wir nehmen dies als verbindliche Aussage zu den Akten. Das wäre alles. Entschuldigt die Störung, Señor.«

Aparicio klopfte sich den Staub von der Kleidung, bevor er die einladende Taverne im Zentrum der kleinen Stadt Alzira im Süden Valencias betrat. Er war die letzten *leguas* unter Palmen, durch Reisfelder, Orangenhaine und Maulbeerplantagen gefahren. Der Ort war von den Mauren gegründet worden, die hier eine sehr ertragreiche

Landwirtschaft aufgebaut hatten. Die wuchtige Stadtmauer mit ihren halbrunden Wehrtürmen war noch gut in Schuss. Nur sehr wenige Abschnitte hatten den Bewohnern als Steinbruch gedient.

Er bestellte Lamm mit Reis und einen leichten Roten. Die drei Stunden Kutschfahrt hatten ihn hungrig gemacht. Er ließ sich Zeit. Er wollte Señora Gutiérrez erst nach der mittäglichen Siesta aufsuchen. Trotzdem war er gespannt, was sie ihm erzählen würde.

Sie wohnte mit ihren Katzen in einem kleinen Häuschen am Ortsrand. Sie trug ein schwarzes Kleid, das mit ihrem weißen Haar kontrastierte und lud ihn zu einem Tee ein.

»Schön, dass sich Doña Vicenta nach so langer Zeit noch an mich erinnert. Und vielen Dank für die lieben Grüße. Ja, sie war ein gutes Mädchen und intelligent dazu. Sie besuchte den besten katholischen Konvent damals in Zaragoza, brachte immer gute Noten nach Hause. Leider kümmerten sich ihre Eltern sehr wenig um sie. Ständig waren sie bei Hofe in Madrid. Verpflichtungen, wissen Sie. Ihr Vater hatte eine hohe Position inne. Ich war ihre Ersatzmutter. Bei mir konnte sie sich auch einmal ausweinen. Ich war nicht so dominant wie ihre Tante Estela. Die wusste immer, was sie wollte. Aber was rede ich da. Ich langweile Sie bestimmt. Weswegen sind Sie gekommen?«

»Doña Vicenta ist in Schwierigkeiten. Ich möchte ihr helfen.«

»Sie ist doch verheiratet, so viel ich weiß. Warum ist dann ihr Ehemann nicht hier, wenn sie Hilfe benötigt? Sind Sie Doña Vicentas Liebhaber?«

»Ich bin ihr Anwalt. Ihr Ehemann ist Teil des Problems.«

»Was Sie nicht sagen! Ich habe ihn nie kennengelernt. Als sie ihn heiratete, war ich schon im Ruhestand. Aber erklären Sie mir, wie ich Ihnen helfen kann.«

Dann berichtete er von den Verdächtigungen und von Vicentas Festnahme.

»Unglaublich! Unerhört! Ich brauche jetzt dringend einen Fino. Wollen Sie auch einen?«

»Danke, gern.«

»Wie ich sehe, sitzen Sie gut. Ich erzähle Ihnen jetzt Dinge, an die ich nur ungern zurückdenke, und die sehr vertraulich sind. Aber in Anbetracht der Situation ...«

»Seien Sie unbesorgt. Als Anwalt unterliege ich der beruflichen Schweigepflicht.«

Was Francisca Gutiérrez dann berichtete, brachte ihn beinahe aus der Fassung, erschütterte ihn. Aber es brachte auch Antworten auf seine Fragen.

»Sie sehen blass aus, Don Guillermo. Ich sehe, die Geschichte hat Sie ins Mark getroffen. Noch einen Fino?«

Er liebte den trockenen Jerez, und jetzt hatte er ihn nötig.

»Bestellen Sie ihr liebe Grüße und überbringen Sie meine besten Wünsche. Hauen Sie Vicenta da raus! Sie hat das alles nicht verdient.«

Es klopfte an der Tür.

»Das ist bestimmt meine neugierige Nachbarin. Sie sah wohl Ihre Kutsche vor meinem Haus stehen, und nun will sie schnüffeln, wer mich besucht.«

Eine ältere Frau steckte ihren Kopf herein. Sie musterte den Gast von oben bis unten.

»Das ist Ana Jiménez, Señor Aparicio.«

»Ich gehe einkaufen. Kommst du mit, Francisca?«

»Gern. Gib mir zehn Minuten.«

Ana Jiménez verschwand wieder. Sie würde ihre Nachbarin ganz sicher beim Einkaufen ausfragen.

Aparicio kehrte noch einmal zur Taverne zurück, bestellte Kaffee und schrieb das Gespräch auf, bevor er seine Kutsche in Richtung Valencia lenkte.

Die schwarze Kutsche mit dem Stadtwappen hielt abrupt vor dem düsteren Palast des *Tribunal del Santo Oficio de la Inquisición*. Ihr entstiegen der Stadtkommandant Antonio Peralta, Aparicio, Ibáñez und Juana Beltrán. Sie waren angemeldet und wurden umgehend zu Don Fermíns Büro geführt. Peralta erteilte Anweisungen.

»Señores Aparicio und Ibáñez, Sie warten bitte draußen. Ich rufe Sie, wenn ich Sie brauche. Wir beide gehen hinein.«

Juana zitterte vor Angst, aber Peralta legte ihr beruhigend die Hand auf den Rücken und schob sie durch die Tür.

»Keine Sorge, ich mache das schon. Reden Sie nur dann, wenn sie gefragt werden.«

Peralta trat selbstbewusst auf.

»Exzellenz, ist das die richtige Anrede, oder soll ich Euch mit Eminenz begrüßen?«

»Aus der Inquisition ist meines Wissens noch nie ein Kardinal hervorgegangen, und im Rang eines Bischofs stehe ich auch nicht. Don Fermín ist gänzlich ausreichend.«

»Hier ist meine Beglaubigung der Stadtkommandantur, und wir haben die Zustimmung Eurer vorgesetzten Stelle in der Hauptstadt Zaragoza zu diesem Besuch. Señora Beltrán hat den Diebstahl einer silbernen Halskette angezeigt, ein sehr wertvolles antikes Stück. Wir ermitteln in der Angelegenheit. Nun erhielten wir Kenntnis, dass sich das Beweisstück angeblich in Eurer Obhut befinden soll. Ich wurde beauftragt festzustellen, ob es sich dabei um das *corpus delicti* handelt oder nicht. Hierzu ersuche ich Euch um Unterstützung, indem Ihr mir und Señora Beltrán gestattet, ein Blick darauf zu werfen.«

»Ja, wir haben eine solche Kette hier. Sie ist eindeutig jüdischen Ursprungs. Sie ist einer unserer Beweise in einem Fall von Häresie. Sollten Sie diese Kette als Ihr Eigentum wiedererkennen, muss ich Sie fragen, ob Sie Jüdin sind, Señora.«

Don Fermín sah Juana mit seinen stechenden Habichtaugen an. Sie fuhr vor Schreck zusammen. Sie hatte so etwas befürchtet und sich anfangs geweigert mitzukommen. Jetzt stand die drohende Frage im Raum. Ängstlich sah sie Peralta an.

»Exzellenz, sie wollen doch Señora Beltrán nicht einschüchtern, bevor sie die Kette überhaupt gesehen und eine Aussage gemacht hat?«

Dann nickte er Juana ermutigend zu.

»Meine Vorfahren waren immer schon katholisch, und ich bin es auch. Mein Mann hat mir die Kette kürzlich als Geschenk vom Markt mitgebracht. Sie gefiel ihm einfach. Wir hatten keine Ahnung, was sie bedeutet. Ich habe sie nur einen Tag getragen.«

Peralta fügte hinzu:

»Exzellenz, die Beltráns sind einfache Bauern. Sie können die Herkunft und Bedeutung der Kette überhaupt nicht beurteilen. Ihr Mann fand sie einfach nur schön.«

»Sie finden ketzerischen Schmuck schön?«

Don Fermín stützte sie Arme auf die Tischplatte und nahm eine drohende Haltung ein. Juana wurde immer kleiner.

»Und den Davidsstern haben Sie auch nicht deuten können? Den erkennt doch jedes Kind.«

Peralta schritt ein.

»Eben weil sie streng katholisch sind, beschäftigen sie sich nicht mit hebräischen Symbolen. Andererseits findet man in der Rosette der Kathedrale den auffälligen Davidsstern wieder. Begründet dies einen Verdacht? Kaum. Aber da wir gerade von Beweisen sprechen, können wir die Kette sehen? Ich wäre äußerst untröstlich, wenn Ihr meine polizeilichen Ermittlungen behindern solltet.«

Das war eine klare Drohung in Richtung des Inquisitors. Ihm war klar, wenn das an die Öffentlichkeit gelangte, würde das seine Beweisführung gefährden. Aber er hatte ja noch die Schriften. Auf die Kette könnte er notfalls verzichten, wenn sich Peraltas Vermutung bewahrheiten sollte. Widerwillig öffnete er eine Schublade, zog die Kette heraus und gab sie Peralta. Der schob sie Juana zu.

»Aber sie bleibt hier. Auf gar keinen Fall übergebe ich sie Ihnen, Peralta. Sie ist Teil meines Verfahrens.«

»Selbstverständlich, Exzellenz.«

Juana sah sich das Amulett an, ohne es zu berühren.

»Ja, sie ist es. Wenn Ihr es bitte umdrehen wollt, Señor. Auf der Rückseite ist unten am Rand ein kleiner Kratzer. Wenn Ihr den findet, ist es ganz bestimmt meine. Schauen Sie selbst.«

Während Don Fermín das Amulett umdrehte, stand Peralta auf, ging zur Tür, bat die beiden Männer herein und stellte sie Don Fermín vor.

»Dies sind die Zeugen, die Señora Beltrán in ihrer Anzeige des Diebstahls benannte. Beide kennen das Beweisstück.«

Don Fermín lehnte sich zurück und lächelte herablassend.

»Das war eine wunderbare Aufführung, Peralta. Doch sie wird Ihnen nicht helfen. Sie sind genauso juristisch vorgebildet wie ich, und sie kennen die Verfahrensregeln. Was wollen Sie dem Richter denn erzählen? Sie haben keinen Täter, kein *corpus delicti*, denn die Kette bleibt bei mir. Sie haben kein Motiv und schon gar kein Geständnis. Das vermeintliche Opfer, also die Klägerin, ist eine einfache Bäuerin aus einem unbedeutenden Kaff. Eine verzichtbare Person. Sie stoßen ins Leere. Die weltliche Justiz ist schwach. Sie steht sich selbst im Weg. Wir machen das anders. Wir haben den Täter, nageln ihn fest, und schon haben wir ein Geständnis. Das ist es, was zählt. So geht das, mein lieber Peralta. Sie werden Ihren Fall nie lösen. Nicht auf Ihre Art. Schade um die vergeudete Zeit.«

Während dieser überheblichen, selbstgefälligen Darstellung war Aparicio wütend geworden. Mit Mühe vermied er eine Gegenrede. Er hatte an Vicenta zu denken.

›Wenn ich mich jetzt mit dem anlege, schade ich ihr nur.‹

Seine Gefühle schwankten zwischen der Furcht vor dem, was ihr bevorstand und der Zufriedenheit über das Ergebnis dieses Treffens.

›Die Aufführung, wie er es nennt, ist gelungen. Die Kette ist identifiziert. Nun können wir Don Phelipe ›festnageln‹, wie es Don Fermín so charmant ausdrückt. Wir haben Peralta auf unserer Seite, und ich kenne jetzt Vicentas Gegenspieler. Dass ein Zyniker wie dieser Macht über Andere ausüben darf, ist eine menschliche Tragödie. Das wird noch ein harter Brocken.‹

Sie verließen den Raum.

»Peralta, kann ich Sie noch einen Moment allein sprechen?«

Don Fermín winkte Peralta zurück.

»Diese Zustimmung aus Zaragoza … Könnte ich einen Blick darauf werfen?«

»Leider nein, Exzellenz. Ich habe das Schreiben nicht bei mir. Was genau interessiert Euch daran?«

»Ach, nur allgemein. Ich bin gern erschöpfend informiert. Lassen Sie mir eine Kopie zukommen?«

»Ich werde sehen, was ich tun kann, Exzellenz.«

Aparicio war in der Tür stehen geblieben, um zu hören, was die beiden zu besprechen hatten.

›Zeigt unser Auftritt Wirkung? Spüre ich da kleine Zeichen von Unsicherheit? Er wird sicher wissen, dass ich am Fall Doña Vicenta arbeite. Eins seiner Beweisstücke ist Diebesgut. In einem weltlichen Gericht wäre es also wertlos.‹

Beim Verlassen des Gebäudes streichelte Peralta sanft Juanas Rücken.

»Das haben Sie wunderbar gemacht. Meinen Respekt.«

»Ich habe mir vor Angst fast in die Hose gemacht. Der Mann sieht gefährlich aus. Er kann einem Furcht einjagen. Bekomme ich meine Kette wieder?«

»Das kann ich Ihnen jetzt nicht sagen, weil das von einem viel wichtigeren Verfahren abhängt. Es kann dauern. Auf jeden Fall wissen wir, wo sie ist und dass sie nicht verloren gehen kann.«

Aparicio und Peralta hatten es vorgezogen, die Beltráns nicht über die Ereignisse um Vicenta aufzuklären. Es hätte Juana noch mehr Angst eingejagt, und sie wäre sicher nicht mitgekommen. Aber nur sie konnte ihre Kette zweifelsfrei erkennen. Ihre Aussage war Aparicio wichtig für die Verteidigung Vicentas.

Eine Woche darauf war Don Phelipe auf Vorladung beim Stadtkommandanten. Er saß ihm gegenüber.

»Don Phelipe, wann habt Ihr zum ersten Mal erfahren, dass es die Halskette überhaupt gibt?«

»Als der Inquisitionsbeamte sie im Büro meiner Frau vorfand und an sich nahm.«

»Und sie gehörte Eurer Frau?«

»Da bin ich ganz sicher.«

»Wie lange schon?«

»Das weiß ich nicht. Wahrscheinlich schon immer, aber sie hat sie nie getragen.«

»Ihr habt Eurer Frau die Kette nicht geschenkt?«

»Nein.«

»Ist Eure Frau Jüdin?«

»Das müssen Sie sie selber fragen. Mir gegenüber hat sie das nie erwähnt. Jetzt fühle ich mich von ihr getäuscht und hintergangen. Sie hätte mir das sagen müssen.«

»Ja, das hätte sie, wenn es denn so wäre. Doch Ihr hättet es als erster bemerken müssen. Jüdinnen pflegen symbolischen Schmuck stets an hohen Festtagen anzulegen. Es ist ihre religiöse Pflicht. Habt Ihr Euch das Amulett einmal genau angesehen?«

»Dazu hatte ich keine Gelegenheit. Der Kirchenbeamte hatte es sofort eingesteckt.«

»Ist das nicht sehr unwahrscheinlich, Don Phelipe? Da befindet sich ein Schmuckstück jahrelang in Eurem Haus, und Ihr habt es nie gesehen?«

»Ich pflege nicht in der Schatulle meiner Frau zu wühlen.«

»Ihr hättet es dort auch nicht finden können. Wir haben etwas herausgefunden, was Euch überraschen wird. Señor Beltrán kaufte die Halskette am Tag vor ihrem Verschwinden von einem Anbieter auf dem Markt und schenkte sie seiner Frau. Die trug sie auf dem Weg zur Besichtigung des Grundstücks, nahm sie aber ab und legte sie in die Hütte. Die Frage ist nun, wie kommt sie von dort in das Büro Eurer Frau.«

»Was hat das denn mit mir zu tun? Fragen Sie doch Ihren Herrn Unbekannt. Warum haben Sie mich hierher bestellt? Sie verschwenden Ihre und meine Zeit, Peralta. Sie vertrauen dem Wort einer Bäuerin? Klagen Sie mich doch an. Der Richter wird meinem Wort viel mehr Bedeutung beimessen als dem einer ungebildeten Frau aus dem Volke. Bringen Sie Beweise, Peralta. Beweise. Die Kette der Señora Beltrán hat mit der meiner Frau nicht das Geringste zu tun. Wir reden über zwei verschiedene Halsketten, Peralta.«

»Gut. Ich frage Herrn Unbekannt. Er sitzt mir gegenüber. Noch einmal: Wie kommt die Halskette in das Büro Eurer Frau? Bevor Ihr mir antwortet, lasst mich sagen, dass wir Don Fermín besuchten, um uns das Schmuckstück zeigen zu lassen. Señora Juana Beltrán hat sie eindeutig als ihr Eigentum identifiziert. Damit nicht genug. Ich habe zwei Zeugen, die Euch in die Hütte gehen sahen. Von da an war die Kette verschwunden. Den Herrn Unbekannt gibt es nicht mehr. Das heißt, Ihr habt eine Falschaussage gemacht. Für einen Mann Eures Standes eigentlich peinlich, gemessen am Wert der Kette, findet Ihr nicht auch?«

Peralta stand auf und öffnete die Tür zum Nebenzimmer, aus dem Aparicio und der Alcalde eintraten. Mit starrem Blick schaute Phelipe auf die beiden.

Aparicio sprach als Erster.

»Ihr habt blitzschnell erkannt, um was es sich bei dem Amulett handelt, und es der Inquisition zugespielt, um Eurer Ehefrau damit zu schaden. Woher habt Ihr die jüdischen Schriften?«

»Welche Schriften? Ich weiß nicht, wovon Sie reden.«

»Ich rede von drei religiösen Büchern in Hebräisch, die Eurer Frau als Eigentum untergeschoben wurden. Die und die Halskette gehören zum gleichen abgekarteten Spiel, Don Phelipe.«

Peralta schaltete sich ein.

»Meine Herren, ich habe hier eine Anzeige wegen Diebstahls zu bearbeiten, die ominösen Bücher spalten wir von dieser Befragung ab. Sonst kommen wir nicht weiter.«

»Dem stimme ich zu«, sagte Ibáñez. »Ich habe eine bessere Idee. Das diskutieren wir, sobald wir hier fertig sind, Guillermo.«

»Kann ich jetzt fortfahren?« Peralta gab sich genervt.

Aparicio und Ibáñez nickten.

»Don Phelipe, zur Anzeige wegen Diebstahls kommt eine zweite wegen Falschaussage hinzu. Beide Anzeigen werden vor Gericht in getrennten Prozessen verhandelt. Die sind öffentlich. Gemessen am zu erwartenden Strafmaß ist der gesellschaftliche Schaden beträchtlich. Ihr befindet Euch dann auf dem Niveau von Kleinkriminellen. Viele Angehörige Eurer Kreise werden Euch danach nicht mehr mit dem Gesäß anschauen.

Ich unterbreite Euch einen wohlwollenden Gegenvorschlag. Wir haben mit Señora Beltrán gesprochen. Sie wäre bereit, die Anzeige zurückzuziehen, wenn Ihr dem *Santo Oficio* schriftlich mitteilt, dass Ihr die Halskette versehentlich oder aus Unachtsamkeit eingesteckt habt, weil Ihr dachtet, sie gehöre niemandem. Noch waren die Beltráns ja keine Pächter, sondern Bewerber. Sie konnten auf dem Grundstück noch kein privates Eigentum deponiert haben. In Eurem Schreiben ersucht Ihr die Inquisition, die Kette der Besitzerin zurückzugeben.

Die Stadtkommandantur sieht im Gegenzug von der Anzeige wegen Falschaussage ab, wenn Ihr eintausend Maravedí als Spende an eine wohltätige Organisation zahlt, zum Beispiel für die Pflege von Leprakranken. Des Weiteren bekundet Ihr, dass Doña Vicenta nach Eurer festen Überzeugung als langjähriger Ehemann keine Jüdin ist und es niemals war. Señor Aparicio war in der Zwischenzeit so freundlich, die entsprechenden Schriftstücke vorzubereiten. Mein Angebot ist achtundvierzig Stunden gültig. Danach gehen die Dinge ihren gewohnten Gang. Selbstverständlich könnt Ihr Eure Unterschrift auch sofort leisten.«

In aller Ruhe breitete Aparicio vier Dokumente vor Phelipe auf dem Tisch aus. Peralta schob ein Tintenfass mit Feder zu ihm hinüber. Phelipe starrte konzentriert auf seine manikürten Finger und dachte intensiv nach. Peralta, Aparicio und Ibáñez warteten geduldig. Schließlich unterschrieb er. Er erhob sich und verließ wortlos und mit hochrotem Kopf Peraltas Büro.

Aparicio zog Zwischenbilanz.

›Dies ist *nicht* der große Durchbruch. Für Don Fermín ist Juanas Halskette nur ein verzichtbarer Nebenbeweis. Die Schriften tragen die Hauptlast der Beschuldigung, hier bin ich noch nicht viel weiter. Mir ist nicht zum Feiern zumute. Die von Don Phelipe unterschriebenen

Dokumente sind zwar auf dem Weg zur Inquisition, aber dass die sich davon beeindrucken lässt, ist unwahrscheinlich.‹

Er wusste, dass es im Verfahren gegen Doña Vicenta keine mündliche Hauptverhandlung in Anwesenheit aller Beteiligten geben würde. Die mit der Urteilsfindung Betrauten Kirchenmänner würden anhand der protokollierten Vorgänge und Akten in geheimer Sitzung entscheiden. Der Nachweis, dass die Kette gestohlen worden war und Doña Vicenta nie gehört hatte, würde vielleicht zu einer Verzögerung führen. Aber da waren noch die Bücher mit der belastenden Widmung auf der Innenseite der Buchdeckel. Dies war das größere Problem.

Aparicio fuhr in seine Kanzlei. Er schrieb Vicenta einen Brief.

Vicenta,
ich hoffe Sie sind bei guter Gesundheit, körperlich und geistig.
Wir machen Fortschritte. Die Herkunft der Halskette ist geklärt.
Phelipe steckte dahinter und hat es gestanden.
Mit den Büchern haben wir noch ein Problem, das wir bald lösen.
Ich habe Sra. Gutiérrez besucht. Ihr Bericht hat mich schockiert.
Ich bin außer mir. Leider werde ich die Einzelheiten zum Zweck der
Aufklärung ans Tageslicht zerren müssen. Das wird unangenehm.
Seien Sie dennoch zuversichtlich.
Liebe Grüße
Guillermo

Er las die Zeilen noch einmal durch und fand, dass sie ein wenig zu positiv klangen. Doch das war beabsichtigt, um ihr Mut zu machen. Er verschloss den Brief und ließ ihn durch einen Boten zu Alfredo bringen.

Der Wächter vor der Zelle in der Bischöflichen Residenz hatte die Klappe zum Durchreichen der Mittagsmahlzeit geöffnet, als er ganz zufällig etwas Verdächtiges auf dem Tablett entdeckte. Unter dem Blechteller lugte die Ecke eines Stücks Papier hervor, das da nicht hingehörte. Hastig zog er das Tablett zurück, bevor Vicenta es greifen konnte. Er zog den Brief hervor und meldete seinen Fund umgehend dem Bischof. Miguel Mayoral Alonso de Ponce musste feststellen, dass Doña Vicenta Kontakte zur Außenwelt hatte, ausgerechnet zu diesem Rechtsanwalt, diesem Aparicio! Das musste unterbunden werden. Dass der Name *Gutiérrez* im Kassiber auftauchte, ließ ihm fast das Blut gerinnen.

›Lebt die alte Dame immer noch? Ich muss handeln. Dringend!‹

Er erstattete Don Fermín sofort Bericht und bat um Verlegung der Gefangenen in das Gefängnis der Inquisition. Den Kassiber behielt er für sich, ohne ihn dem *Santo Oficio* zu erwähnen. Dann begann er mit Nachforschungen. Er war beunruhigt. Er erinnerte sich genau an diese Señora Gutiérrez. Aber wo lebte sie jetzt? Hatte Aparicio sie bereits besucht? Was hat sie im womöglich erzählt? Aparicio zu fragen wäre töricht. Es würde den nur noch neugieriger machen. Er musste selber recherchieren. Er hatte Aparicio nie ganz vertraut, immer war eine Spur von Skepsis geblieben. Aber dass der so weit gehen würde, hatte er nicht erwartet. Es würde keine Gespräche im Beichtstuhl mehr geben.

Rafael Ibáñez' Gesichtsausdruck verdunkelte sich schlagartig, als ihm Aparicio von Vicentas Verlegung berichtete.

»Wie hast du das erfahren?«

»Durch den guten Alfredo. Nachdem er über zwei Wochen keine Antwort erhalten hatte, ließ er wieder Wäsche zu ihr schicken. So kam es heraus.«

»Kann er einen Schmuggeldienst auch in die Inquisition hinein aufbauen?«

»Vergiss es! Die sind sicher sämtlich hirngewaschen. Rafa ich mache mir ernste Sorgen. Jetzt haben die Vicenta in den Klauen. Wenn die sie foltern. könnte sie zusammenbrechen. Die Einrichtungen dafür haben sie in ihren Kellern. Dann hätten die das Geständnis, das sie brauchen, um sie zu verurteilen. Ein Verurteilter, der mit dem Leben davonkam, hat mir ihre Methoden beschrieben. Bei ihm haben sie die *garrucha* angewendet, das Pfahlhängen, dann haben sie ihn auf den *potro* geschnallt, die Streckbank. Sie haben ihn der *toca* unterzogen, bei der sie ihm mit Wasser das Gefühl gaben zu ertrinken. Der tapfere Kerl hat die Qualen ausgehalten. Das hat ihm zwar das Leben gerettet, aber hernach war er bettelarm und seelisch gebrochen. Ich weiß nicht, wie stark Vicenta ist, aber das hält kein normaler Mensch aus.«

Aparicio saß am Tisch und stützte den Kopf schwer in seine Hände. Tränen quollen durch seine Finger. Ibáñez sah mitfühlend auf seinen Freund. So hatte er ihn noch nie erlebt.

»Du liebst sie, Guillermo.«

Aparicio reagierte nicht.

»Sitz nicht so da! Komm mit. Ich muss jetzt ins Freie, mir fällt die Decke auf den Kopf. Das sind düstere Nachrichten. Wir gehen hinüber zu Manolo, einen Kaffee trinken. Da können wir draußen sitzen. An der frischen Luft kann ich besser denken.«

Er legte dem Freund die Hand auf die Schulter.

»Was mag die Verlegung zu bedeuten haben?«

»Entweder wurde die heimliche Korrespondenz entdeckt, oder Don Fermín ist sauer wegen der Halskette, oder die Verhandlung vor dem Inquisitionsgericht steht kurz bevor. Ich weiß es nicht. Es kann auch sein, dass der Inquisitor dem Bischof nicht mehr vertraut und Vicenta in seiner Obhut wollte. Vielleicht beginnen jetzt auch die ›peinlichen Verhöre‹, um ihr ein Geständnis abzuringen.«

»Du meinst, die foltern Vicenta?«, fragte Ibáñez

Aparicio nickte.

»Ich habe eine Gänsehaut.«

Als sie die *Plaza la Patrona* überqueren wollten, lief ihnen Padre Anselmo über den Weg. Ibáñez sprach ihn an.

»Hola, Padre. Wir laden Sie zu einem Kaffee ein.«

Es war ein kühler Morgen, vom Mittelmeer wehte eine frische Brise herauf. Sie wählten einen Tisch in der Sonne. Ibáñez bestellte Kaffee und drei Fino. Er wusste, Anselmo liebte Fino.

»Das ist mein Freund Guillermo Aparicio.«

»Ich weiß, wer Sie sind. Ich habe Sie beide letzten Sonntag in der Kirche gesehen, und ich habe mich informiert. Nächstes Mal setzen Sie sich weiter nach vorn, da brauche ich nicht so laut zu reden. Als ich

Sie sah, habe ich meine Notizen beiseite geschoben und die Predigt frei gehalten. Sie galt vor allem Ihnen. Sie sind einer, der das System des Landbesitzes perpetuiert, Señor. Ein äußerst ungerechtes System.«

»Wie kommen Sie darauf, dass ich das System untermaure, ich habe es schließlich nicht erfunden. Ich übe gültiges Recht aus. Und das geht zurück auf Ihre Katholischen Majestäten Isabel und Fernández.«

»Das macht es nicht besser«, gab der Padre zurück.

Ibáñez sah ihn scharf an.

»Aber Unruhe in der Bevölkerung zu stiften ist auch kein Mittel. Wollen Sie einen Aufstand provozieren?«

»Wie ich schon sagte, es galt Ihnen, nicht der Gemeinde. Die hat die Worte längst vergessen. Aber Sie haben sie behalten. Zweck erfüllt. Ist doch prima, oder?«

Aparicio sah sich den Padre genau an.

›Er trägt seine Werktagssoutane. Etwas schmuddelig. Und die Naht des Ärmels ist kaputt. Moment! Das kommt mir bekannt vor. Joaquín Zapatero!‹

»Kennen Sie Joaquín Zapatero?«

»Wer ist das?«

»Ein Junge in der Stadt.«

»Ich kenne alle Jungs im Dorf. Aber keinen *dieses* Namens.«

»Beauftragten Sie ihn nicht vor ein paar Wochen, ein Paket zum Bischof zu tragen? Sie gaben ihm zweihundert Maravedí als Lohn«, fragte Aparicio.

»Wie generös, Padre! So freigiebig kenne ich Sie überhaupt nicht«, frozzelte Ibáñez.

Padre Anselmo sah die beiden gelassen an. Ibáñez bestellte noch eine Runde Kaffee und Fino, um zu verhindern, dass sich der Padre erhob und ging. Dann beging der Padre einen kapitalen Fehler. Arglos berichtete er, dass er die Bücher im Auftrag des Bischofs gekauft hatte.

»Ich kaufte sie wie angeordnet und schickte den Jungen hinein, weil ich mir keinen Rüffel wegen meines Äußeren einholen wollte. Der Bischof ist in diesen Dingen etwas, sagen wir, pingelig. Ich bin ein kleiner Landpfarrer, und ich mag die geschniegelten Kirchenbeamten nicht. Außerdem sprang für meine Gemeinde ein hübsches Sümmchen heraus. Davon habe ich den Jungen bezahlt. Nach seinem Namen habe ihn nicht gefragt. Wo liegt das Problem?«

»Ich habe damit kein Problem, Padre«, entgegnete Ibáñez.

»Ein Laufbursche tut wie ihm geheißen. Er fragt nicht nach Sinn und Zweck, Hauptsache, das Trinkgeld stimmt.«

Obwohl Aparicio die Antwort kannte, stellte er die Frage.

»Was für Bücher waren das?«

Er wollte Anselmos Aufrichtigkeit testen.

Jetzt traten dem Padre Schweißperlen auf die Stirn. Ihm war klar geworden, er hatte zu viel erzählt.

»Dazu möchte ich mich nicht äußern.«

»Waren es hebräische Schriften?«

Der Padre schwieg und nippte nervös an seinem Fino.

»Dürfen Sie nicht darüber reden?«

»Ich habe nicht das Recht, die Entscheidungen des Bischofs zu hinterfragen. Ich gehorche.«

»Wissen Sie, dass wegen dieser Bücher eine gläubige Katholikin vor die Inquisition gezerrt wurde?«

»Das wusste ich nicht, und ich habe damit nichts zu tun.«

»Haben Sie Kenntnis, wer diese Katholikin ist?«

»Nein.«

Aparicio sah zu Ibáñez und gab ihm ein Zeichen. Padre Anselmo würde von jetzt an nichts mehr preisgeben, sie konnten ihre Fragerei beenden. Sie wussten, dass er die drei Bücher gekennzeichnet hatte. Das genügte. Ibáñez sollte in Gegenwart des Padres keine weiteren Details besprechen.

»Wenn Sie noch etwas wissen oder Ihnen etwas einfällt, teilen Sie es bitte Señor Ibáñez mit. Eine letzte Frage noch. Sie sprechen nicht Valenzianisch, sondern den Dialekt des Nordens. Kommen Sie von dort?«

»Ich komme aus Zaragoza. Warum fragen Sie?«

»Persönliche Neugier, nichts weiter. Haben Sie den Bischof dort kennen gelernt?«

»Wir waren dort Lehrer an derselben Schule.«

›Das passt‹ dachte Aparicio, aber er verkniff sich die Frage nach den Gründen für seine Versetzung in das unbedeutende Borbotó. Sie standen auf und verließen Manolos Café. Padre Anselmo ging sehr nachdenklich seines Weges.

»Hast du seine Soutane genau angesehen? Genau, wie Joaquín sie beschrieben hatte. Ich werde den Antiquar noch einmal besuchen. Ich muss mehr über diese Bücher wissen«, sagte Aparicio.

»Ihr seid es schon wieder«, begrüßte ihn González.

»Was darf es dieses Mal sein? Der Koran vielleicht?«

»Können wir in Euer Büro gehen?«

Aparicio erläuterte dem Buchhändler, dass er nach der Herkunft der Schriften forsche.

»Möglicherweise sind sie das *corpus delicti* in einem Verbrechen. Wir müssen großes Unrecht verhindern.«

»Ich weiß nicht, wie ich Euch helfen kann«, sagte González.

»Indem Ihr mir anvertraut, wie die Schriften in Euren Laden kamen zum Beispiel.«

»Ein Franziskaner mit Kapuze auf dem Kopf brachte sie mir. Ich konnte sein Gesicht nicht erkennen. Er bat mich, sie in Kommission zu nehmen, nicht zu kaufen. Ein Kunde würde sie bald erwerben. Nach dem Verkauf wollte er sich den Kaufpreis bei mir abholen. Es waren vierundsechzig Dukaten minus Provision. Er war bis heute nicht hier.«

»Ein hübsches Sümmchen«, warf Aparicio ein.

»*Pecunia non olet*, sagte einst Vespasian, als er die öffentlichen Toiletten in Rom besteuern ließ. Wir Antiquare sind neugierig und schauen uns alles sehr genau an. Ein Eselsohr, Notizen, eine fehlende Seite, Flecken oder Markierungen können den Wert eines Buches schnell halbieren. Als er gegangen war, habe ich die Bücher unter die Lupe genommen. Kein Eselsohr, keine Flecken und so weiter. Nur auf der letzten Seite war etwas säuberlich ausgeschwärzt. Bei allen dreien. Ich nahm gutes Licht und ein Vergrößerungsglas. Und dann konnte ich klar erkennen, was darunter geschrieben war. Einen Moment, ich hole meine Aufzeichnungen.«

Er ging zu einem Schrank und griff sich ein Notizbuch.

»Wenn ich einen Verdacht habe, schreibe ich ihn auf. Man kann nie wissen. Und man vergisst zu leicht. Ich zumindest.«

Er blätterte.

»Hier. O.V. 4366, O.V. 4367 und O.V. 5388. Das Kürzel O.V. steht für *Obispado Valencia*. Die Zahl dahinter ist die fortlaufende Nummer der Registratur. Die Werke stammen zweifelsfrei aus der bischöflichen Bibliothek. Da jedoch ein Padre die Bücher erwarb, ist das für mich eine innerkirchliche Transaktion. Fertig.«

»Und der Mönch, der sie brachte?«

»Ihr wisst ja, ich frage nicht nach Namen. Junger Typ, gepflegt, schöne Hände.«

»Eines Tages werden die Bücher vermisst. Was dann?«

»Ich kenne den Bibliothekar der Diözese. Ein *cretino vago*, ein fauler Trottel. Was nicht im Regal steht, ist nach seiner Meinung schlicht ausgeliehen. Er schaut noch nicht einmal in seine Kartei, die er sowieso nicht ordentlich führt. Das Fehlen von Büchern wird wohl erst entdeckt, wenn der stirbt oder eines Tages abgelöst wird und sein Nachfolger die Bücher zählt. Ich würde mich nicht wundern, wenn der Bischof die Bücher persönlich entnommen hat, ohne dies dem Bibliothekar anzuzeigen. Vielleicht verkauft er sie einem Sammler.«

»Ihr sagtet mir beim letzten Besuch, der Abholer hätte hier in diesem Büro etwas hineingeschrieben?«

»Er schrieb sie von einem Zettel ab, den er aus seiner Soutane gezogen hatte.«

»Schwärzung auf der letzten Seite, sagt Ihr. Vielen herzlichen Dank. Ihr wart mir eine große Hilfe.«

»Hoffentlich löst Ihr den Fall.«

»Ich bin einen Schritt weiter.«

Aparicio betrat sein Büro und fand den lange erwarteten Brief von Luís Echevarría aus Valladolid vor. Er setzte sich hin, erbrach das Siegel und begann zu lesen.

Mein lieber alter Freund Guillermo,
ich beginne mit einer sanften Rüge. Du schreibst mir jahrelang nicht, und dann kommt solch ein Hammer! Woran hast du dich nun wieder festgebissen?
Charola ist ein berühmter Sohn dieser Stadt und steht in höchsten Ehren. Als Inquisitor, also Behüter des reinen Glaubens, ist Don Fermín quasi sakrosankt! Auf offiziellem Wege ist nur Gutes über ihn zu erfahren. Lobhudelei ist noch milde ausgedrückt. Man traut sich kaum, nachzubohren und verfängliche Fragen zu stellen. Aber du weißt ja, dass wir Juristen das perfekt können. Meine rastlose Suche in Archiven und Gerichtsakten hat nichts erbracht. Keine dunklen Stellen auf seiner weißen Weste.
Um nicht mit gänzlich leeren Händen dazustehen, wandte ich mich schließlich an protestantische Kreise wie z.B. die Lutheraner. Du weißt, dass die gerade in Valladolid sehr stark sind. Die treffen sich nur heimlich und nachts. Sie haben eine ›Heidenangst‹(vergib mir das Wortspiel), von Spionen an die Inquisition verraten zu werden. Ich musste mich verstellen, um mich bedachtsam in ihr Vertrauen einzuschleichen, was mir schließlich gelang. Ein paar sind meine Klienten.
Ein Señor Charola ist nicht unter ihnen. Doch ich erhielt einen sehr interessanten Hinweis, der dir vielleicht nützlich sein kann. Einer von Don Fermíns Brüdern ist zu den Calvinisten konvertiert und wurde prompt angezeigt. Er verließ Spanien bei Nacht und Nebel und ging ins Exil nach Frankreich. Seine Familie hat sich von ihm losgesagt und seinen Namen aus allen Dokumenten und Archiven löschen lassen, so als hätte er nie existiert. Und wer war wohl die treibende Kraft? Sein geliebter Bruder Fermín. Kannst du dir das vorstellen? Fermín der Fiese.
Tut mir leid, mehr war nicht herauszubekommen. Für dich habe ich Leib und Leben riskiert. Du schuldest mir was.
Ist sie schön?   *Grüße, Luís*

Aparicio verstaute den Brief in einer sicheren Schublade.

›Der darf hier nicht offen herumliegen!‹

Er lehnte sich zurück und dachte nach.

›Es ist verrückt. Immer mehr christliche Lehren spalten sich von der *einzig wahren* Kirche ab. Und jede hält sich für die richtige und legitime. Ihre Anhänger verfeinden sich, löschen sich gegenseitig aus. Die einen mit einem Verwaltungsakt, andere greifen sogar zu den Waffen und führen Krieg gegeneinander. Und alle beziehen ihre Rechtfertigungen aus demselben einzigartigen Buch, der Heiligen Bibel. Wohin soll das noch führen?‹

Er schrieb Luís Echevarría ein kurzes Dankesschreiben, in dem er zum Ausdruck brachte, dass seine Erkenntnisse äußerst wertvoll seien. Gleichzeitig hoffte er, sie nicht benutzen zu müssen. Er wollte sie als *ultima ratio* in der Hand behalten. Kein Gericht dieser Welt, und schon gar nicht ein Inquisitionsgericht, würde den Inhalt des Briefes als Beweismittel zugunsten Vicentas zulassen. Er diente lediglich als persönliches Druckmittel gegen Don Fermín, und um notfalls seine Glaubwürdigkeit zu erschüttern.

›Wenn ich Don Fermín damit konfrontiere, wird er mit großer Sicherheit die Existenz des zum Calvinismus konvertierten Bruders vehement abstreiten. Sie ist ganz einfach nicht zu beweisen. Ich würde mich harscher Kritik aussetzen, in seinem Privatleben zu schnüffeln, das mit dem Fall Doña Vicenta nichts zu tun hat. Bestenfalls würde ich mich lächerlich machen. Im schlimmsten Fall könnte ich Vicenta sogar schaden. Nein, diese Karte sticht nicht. Ich kann ihn so nicht zu Fall bringen, ich muss ihn mir gewogen halten. Und ich muss ihn dringend sprechen.‹

Aparicio war klar, Don Fermín hatte keine Verpflichtung, ihn zu empfangen. Er könnte die Bitte um ein Gespräch schlicht ignorieren, allein schon aus Unbehagen wegen der Halskette.

›Ich muss ihm schmackhaft machen, mich zu sprechen. Ich muss ihm etwas anbieten.‹

Er schrieb ein Gesuch um einen weiteren Gesprächstermin mit der Begründung, er habe neue Beweise in der Hand. Welcher Art die waren, ließ er offen. Und er wollte Anzeige gegen eine hochgestellte Person erstatten. Hierzu wollte er seine Exzellenz um professionellen und juristischen Rat ersuchen. Es sei eine sehr delikate Angelegenheit.

›Er *muss* mich vorlassen‹, hoffte Aparicio und sandte einen Boten zum Palast des *Santo Oficio*.

»Señor Aparicio. Wie schön, Sie nach so kurzer Zeit wieder zu sehen! Sie geben dem heutigen Tag eine besondere Note, speziell da mich ein Jurist Ihres Formats um meinen bescheidenen Rat bittet.«

Don Fermín gab sich jovial, doch Aparicio vermutete hinter jeder Silbe eine blitzende Klinge. Don Fermín redete weiter.

»Sie mögen ein vorzüglicher Anwalt und Notar sein, sie führen ein unauffälliges Leben, Gott scheint Ihnen nicht zu zürnen, Sie zahlen pünktlich Ihre Steuern, und nicht zu wenig, wie man mir sagte. Es ist gut, sich mit einem gerechten Bürger dieses Landes zu unterhalten. Ja, wir haben uns informiert. Aber Sie können keinesfalls Doña Vicentas Anwalt sein. Sie kann sich ihren Verteidiger zwar frei wählen, jedoch wird die Auswahl von uns festgelegt. Sie sind leider nicht dabei, lieber Aparicio, was ich in keiner Weise bedaure. Sie haben neue Beweise? Sie wollen Anzeige erstatten? Sie machen mich ja richtig neugierig, Aparicio. Was haben Sie denn so zu bieten?«

Seine Herablassung und Ironie waren nicht zu überbieten.

»Meine Anzeige richtet sich vorerst gegen Unbekannt. Aber das kann sich im Verlauf meines Vortrages noch ändern, Eure Exzellenz. Gestattet mir, einige Jahre zurückzublicken auf die Zeit, in der Vicenta das Internat Santa Eulalia in Zaragoza besuchte. Ihre Eltern waren fast das ganze Jahr abwesend von zu Hause, ihr Herr Vater bekleidete eine hohe Position am königlichen Hof in Madrid. Ihre Gouvernante wurde zu ihrer wichtigsten Bezugsperson, eine Art Ersatzmutter. Vicenta war damals dreizehn. Einer ihrer Lehrer war der junge Priester Miguel Mayoral Alonso de Ponce. Er bestellte sie regelmäßig abends in sein Büro zum Tutorium ...«

»... und dabei hat er sie ein bisschen begrabscht. Stimmt's? Mein lieber Aparicio, seien Sie nicht naiv! Das kommt laufend vor, auch in den besten Internaten. Wie Sie wissen, hat das Weib die Sünde in die Welt gebracht. Da hat so ein aufblühendes, junges Ding zum ersten Mal einen richtigen Mann in der Hand und nicht einen dieser unreifen Buben …«

»… wenn der Mann ihre Hand unter seine Kutte führt.«

»Aparicio, das ist ein Teil der ›Schule fürs Leben‹. Gönnen Sie dem jungen Ding das Erlebnis. Eines Tages wird sie die Erfahrung ja doch machen müssen. Ein bisschen Fummeln hat noch keiner Frau geschadet. Und verzeihen Sie dem Bruder. Er wird es gebeichtet und zwanzig Rosenkränze gebetet haben. Ich glaube, das ist die übliche Strafe.«

›Er unterbricht mich andauernd. Er will mich provozieren, die Vorfälle herunterspielen und mich aus dem Konzept bringen. Aber es geht weiter.‹

Aparicio ließ einen Moment verstreichen, er wollte die volle Aufmerksamkeit Don Fermíns, bevor er fortfuhr.

»Dann begannen die Sommerferien, und Vicenta kehrte zu Ihrer Gouvernante zurück. Ihr Schützling schien sehr verändert, und Señora Gutiérrez begann sich Sorgen zu machen. Für Stunden blieb das junge Mädchen in seinem Zimmer. Wenn sie endlich herauskam, strahlte sie entrückt, sie hatte eine rosige Gesichtsfarbe und schien in einer Art Euphorie, beantwortete aber keine der Fragen ihrer Gouvernante. Señora Gutiérrez mutmaßte, entweder schwebte sie einem religiöses Delirium nach einem Glaubenserlebnis oder sie hatte sich in einen ihrer Mitschüler verliebt. Dann stellte sie fest, dass Vicentas Regel ausblieb. Jetzt stellte die Gouvernante Vicenta ernsthaft zur Rede, schließlich hatte sie die Verantwortung über das Kind, und bekam endlich eine Antwort. Der junge Priester hat sie nicht nur begrabscht, Exzellenz. Er hatte sie geschwängert! Was würden die Eltern tun, wenn sie demnächst aus Madrid zurückkämen? In ihrer Verzweiflung brachte Gutiérrez das Mädchen zum Medikus der Familie, der das Malheur korrigierte. Aus Angst vor dem Zorn der Eltern beschlossen sie, Vicenta und der Arzt, das unerhörte Geschehen vor den Eltern zu verheimlichen.«

Don Fermín unterbrach ihn nicht mehr. Seine Habichtsaugen waren schmale Schlitze, seine Backenmuskeln arbeiteten.

»Das Schicksal wollte es, dass ein anderer Lehrer am Internat Wind von der Sache bekam und drohte, seinen Mitbruder bei den Schuloberen anzuschwärzen. Die beiden schlossen einen bösen Pakt. Das Schweigen des Einen gegen die Verheimlichung der homophilen Neigung des Anderen. Es ist geradezu abstoßend, der Sodomist deckt den Kinderschänder. Letzterem gelingt aufgrund seiner familiären Abstammung eine brillante Karriere. Er bringt es zum Bischof. Um den Mitwisser unter Kontrolle zu haben, beruft er ihn als Landpfarrer einer kleinen Gemeinde in seine Diözese. So weit, so gut, könnte man sagen. Doch dann wird die kleine, inzwischen verheiratete Vicenta durch die Erbschaft ihrer Tante Doña Estela in eine herausragende Position in der Gesellschaft von Valencia katapultiert. Nun könnte sie dem Bischof gefährlich werden und ihn um sein Amt bringen. Für den Bischof eine drohende Katastrophe!«

»Woher wissen Sie das alles?«

»Ich konnte Vicentas frühere Gouvernante ausfindig machen, Señora Francisca Gutiérrez. Sie lebt zurückgezogen in Alzira.«

»Wir werden sie befragen, um Ihre Aussage zu bestätigen.«

Der Geheimsekretär am Nebentisch machte fleißig Notizen.

»Ich übergebe Euch hier meine Aufzeichnung des Gesprächs mit Señora Gutiérrez, Exzellenz, und ihren Wohnort. Ich bitte Euch eigens darum, sie durch das *Santo Oficio* in gebührender Form befragen zu lassen, um den Wahrheitsgehalt zu bestätigen.«

Er reichte dem Inquisitor ein Dokument.

»Nun komme ich zu den drei hebräischen Schriften, die man dem Bischof angeblich zugespielt hat. Sie stammen sämtlich aus der Bibliothek des Bistums Valencia.«

Jetzt unterbrach der Inquisitor doch.

»Señor Aparicio, dies ist nicht der Ort, Scherze zu machen. Schlimmer noch, Ihre Behauptung ist eine Frechheit! Wollen Sie dem Bischof unterstellen, dass er Beweise fabriziert oder seine Verwaltung nicht im Griff hat? Bruder Tomás, bringe mir die Bücher.«

»Und eine starke Lupe«, rief ihm Aparicio nach.

Während sich Bruder Tomás beeilte, die Bücher herbeizuholen, erläuterte Aparicio dem Inquisitor den Weg der Schriften von der Bibliothek zum Antiquar und zurück zur bischöflichen Residenz. Don Fermín guckte ihn ungläubig an.

»Das ist eine abenteuerliche Behauptung.«

Bruder Tomás kam zurück.

»Ihr braucht gutes Licht. Wir sollten zum Fenster gehen.«

Don Fermín inspizierte die Schwärzungen.

»Diese Schriften sind wichtige Zeitdokumente. Sie dürften die Bibliothek nie verlassen, weder dürfen sie ausgeliehen noch veräußert werden. Sie dürfen nur innerhalb der Bibliothek studiert werden. Sie sollten nicht einmal hier sein. Unfassbar!«

Don Fermín hatte die Augenbrauen hochgezogen.

»Exzellenz, ich werde beim Stadtkommandanten Anzeige gegen Unbekannt erstatten wegen Entwendung historischer Werke, falschem Zeugnis wider eine unbescholtene Katholikin und wegen vorsätzlicher Irreführung des *Santo Oficio*. Des Weiteren erstatte ich Anzeige gegen Seine Exzellenz Miguel Mayoral Alonso de Ponce wegen unsittlichen Verhaltens gegenüber einer abhängigen Schülerin, wobei ich bedacht einräume, dass diese Anzeige abgewiesen werden könnte. Denn das Geschehen liegt zu viele Jahre zurück. Doch das soll letztendlich ein weltliches Gericht entscheiden.«

Er legte die entsprechenden Schriftstücke auf den Tisch.

»Ich habe alles vorbereitet. Wer auch immer dieser ›Unbekannt‹ sei, Exzellenz, er hat Euch als Werkzeug benutzt. Gestattet mir eine Frage. Habt Ihr den Namen der Gouvernante Francisca Gutiérrez schon einmal gelesen?«

»Nein. Wieso? Sollte ich?«

»Dann lege ich jetzt ein Geständnis ab. Es ist mir gelungen, heimlich Botschaften mit Doña Vicenta im Verlies der bischöflichen Residenz auszutauschen …«

»… ich weiß davon. Der Bischof hat mich informiert.«

»Dennoch kennt Ihr den Namen nicht? Dann hat er Euch meinen letzten Brief an Doña Vicenta vorenthalten, den er abgefangen hat. Sonst wüsstet Ihr den Namen *Gutiérrez*. Ich berichtete ihr von meinem Gespräch mit ihr in Alzira. Ergo weiß er, dass ich von den Vorgängen im Internat Kenntnis habe. Er ist nun gewarnt.«

Jetzt war Don Fermín klar, warum der Bischof darauf gedrängt hatte, die Gefangene aus der Residenz in das Inquisitionsgefängnis zu verlegen. Er konnte den Austausch von Kassibern nicht verhindern und fürchtete, dass Vicenta irgendein dunkles Geheimnis gegenüber Aparicio lüften könnte. Das wollte er verhindern.

»Aparicio, ich schätze Ihren Scharfsinn und Ihren Einsatz für Doña Vicenta. Sie beobachten gut, Sie denken schnell und logisch. Aber Sie werden es nie auf die Liste der ausgewählten Verteidiger bei der Inquisition schaffen.«

Aparicio versuchte eine bedauernde Miene zu imitieren.

»Exzellenz, ich bin untröstlich.«

Schon eine Woche später saß Aparicio wieder im *Santo Oficio* Don Fermín gegenüber. Auf dessen Tisch lag die Aufzeichnung des Gesprächs Aparicios mit Señora Gutiérrez. Wie immer saß Bruder Tomás an einem kleinen Tisch nahe dem Fenster, vor sich Feder und Papier, um die Unterhaltung zu protokollieren.

»Aparicio, Ihre Niederschrift ist für uns wertlos, da wir sie nicht haben bestätigen können.«

»Aber Exzellenz! Hattet Ihr nicht vor, jemanden nach Alzira zu schicken?«

»Das haben wir getan. Doch wir kamen zu spät. Leider ist Señora Gutiérrez verstorben. Wir konnten sie also nicht mehr befragen. Die Nachbarin hat sie eines Morgens in ihrem Haus leblos aufgefunden. Wie hieß sie noch?«

»Ana Jiménez.«

»Richtig. Der Provinzmedikus und der Stadtkommandant von Alzira sagen übereinstimmend aus, sie sei im Schlaf einem Herzschlag erlegen.«

Aparicio war schockiert.

»Sie haben eine wichtige Zeugin verloren, Aparicio. Als Jurist müssen Sie das als schlimm empfinden, nicht wahr?«

Das war nicht der übliche, scharfe Ton des Inquisitors, fast klang so etwas wie Mitleid in seiner Stimme mit. Aparicio war hellwach. Er fürchtete einen der zynischen Listen Don Fermíns.

»Und warum lasst Ihr mich hierher kommen?«

»Es fällt mir schwer, dies vor ihnen zuzugeben. Sie haben mir den zweiten Beweis auch noch zunichte gemacht. Das Ergebnis Ihrer Ermittlungen ist hochbrisant. Es darf keinesfalls an die Öffentlichkeit gelangen. Ich habe nun beschlossen, den Fall Doña Vicenta mit einer abschließenden Empfehlung an die *Suprema* in Madrid weiterzuleiten. Dazu müssten Sie heute die Niederschrift Ihres Gesprächs mit Señora Gutiérrez als wahrheitsgetreu beeiden. Dann würde ich sie meinem Dossier beifügen.«

»Das würdet Ihr tun?«

»Selbstverständlich. Als Juristen wissen wir beide, dass Ihre Aussage von da an der Geheimhaltung unterliegt. Sie dürfen sie nicht weiter verwenden. Aber seien Sie gewarnt. Auch ohne Ihren Eid kann und werde ich Sie der Schweigepflicht unterwerfen, Herr Kollege.«

Aparicio stand auf, legte die linke Hand auf die Bibel, die Bruder Tomás bereithielt, hob die Schwurhand und sprach den Eid.

»Das Konvolut wird noch heute nach Madrid versandt. Mein Wort. Ich will mir an diesem Fall nicht die Finger schmutzig machen. Dann ist es deren Entscheidung, ob Doña Vicenta nach Aktenlage freigesprochen werden kann oder nicht. Und wenn ja, unter welchen Auflagen.«

»Von welchen Auflagen sprecht Ihr?«

»Sehr wahrscheinlich wird es eine Geldstrafe sein. Die hängt von der Leistungsfähigkeit Doña Vicentas ab. Eine härtere Auflage wäre, dass sie in der Öffentlichkeit das Büßergewand tragen muss, was ihre Handlungsfähigkeit im Geschäftsverkehr allerdings sehr einschränken würde. Eine weitere denkbare Möglichkeit wäre die Zuweisung eines Kanonikats, einer mit einer Pfründe versehenen Stelle im Domkapitel zur Versorgung eines Inquisitors. Ich weiß es nicht. Das obliegt dem weisen Ratschluss der *Suprema*.«

Aparicio dachte nach.

›Er gibt den Fall an die höchste Instanz ab. Madrid ist weit. Dort kann ich nichts mehr bewirken. Ich habe mit Señora Gutiérrez nicht nur eine wichtige Zeugen verloren, sondern mit Don Fermín auch einen Feind, mit dem ich umzugehen gelernt hatte. Wer kennt schon die Mitglieder der *Suprema*? Es lohnt sich nicht mehr, mich mit Don Fermín anzulegen. Ich kann nur stark hoffen, dass er eine positive Empfehlung abgibt.‹

»Wisst Ihr, warum Doña Vicenta keine Jüdin sein kann?«

»Sie werden es mir sicher gleich sagen.«

»So weit ich mich auskenne, ist Jude, wessen Mutter eine Jüdin ist. Das impliziert, dass Vicentas Mutter eine Jüdin sein muss. Don Fermín, das wird die *Suprema* nicht übersehen. Lasst mich hinzufügen, die Häuser Borja und Ginart werden nicht sehr erfreut sein. Da wir schon Doña Vicentas Verwandtschaft ansprechen, es wäre sinnvoll, wenn die Inquisition in Madrid Vicentas Vater zu befragen würde. Es gibt da noch ein Detail zum ärztlichen Eingriff, das ich Euch bisher vorenthalten habe.«

Die beiden Männer sahen sich lange in die Augen.

»Wenn Sie so weitermachen, Aparicio, beginne ich auch noch zu glauben, an Ihnen sei ein guter Inquisitor verlorengegangen. Doch dazu müssten Sie Theologe sein, was Sie nicht sind. Wir sollten das Gespräch hier beenden. Ich werde Doña Vicenta sagen, Sie hätten alles Menschenmögliche getan, um ihr zu helfen.«

»Darf ich ihr schreiben?«

Don Fermín zögerte.

»Ich muss Ihre Briefe zensieren. Also schreiben Sie in jedem Fall nur Unverfängliches, und bitte immer zu meinen Händen.«

»Selbstverständlich, Exzellenz.«

»Noch etwas, Aparicio. Wollen Sie Ihre Anzeigen bitte so lange zurückhalten, bis der Spruch der *Suprema* gefällt ist. Im Falle eines Freispruchs Doña Vicentas ersuche ich Sie, von den Anzeigen ganz abzusehen. Ich verspreche Ihnen als Ehrenmann, dass wir diese heikle Angelegenheit innerhalb der Kirche und ohne öffentliches Aufsehen mit angemessener Härte regeln werden. Ich werde meine Empfehlung an die *Suprema* entsprechend formulieren.«

Aparicio hatte kein Problem damit, Alfredo als treuen Diener Doña Vicentas und als seinen Komplizen bei der Übermittlung von Botschaften über die Rolle Don Phelipes zu unterrichten. Was er dabei übersah, waren dessen freundschaftliche Kontakte zu den zahlreichen Hausdienern anderer Familien. So verbreitete sich die Neuigkeit, vor Aparicio verborgen, über das verzweigte Netzwerk der Domestiken in die ganze Stadt. Die verstanden sich darauf, im richtigen Moment die richtigen Bemerkungen in Gegenwart ihrer jeweiligen Herrschaften fallen zu lassen. Das Ergebnis kam einer gesellschaftlichen Ächtung Don Phelipes gleich. Wer Vicenta nahestand, zog sich allmählich von ihm zurück. Wer ihn als Ehrenmann kennengelernt hatte, revidierte sein Urteil. Mit einem Mal erinnerte man sich seiner Herkunft und seines früheren Namens Amoros, den er nach der Eheschließung durch den Namen Chafreon y Dassí ersetzt hatte, an das Adelspatent gebunden, das ihm die Familie seiner Frau beschafft hatte. Das hatte nachteilige Auswirkungen auf seine geschäftliche Handlungsfähigkeit. Man traute ihm nicht mehr. Einer, der seine Frau der Inquisition ans Messer lieferte, war mit großer Vorsicht zu behandeln.

Die Politik des jungen Königs trug ebenfalls dazu bei, dass sich das Schicksal bald gegen Don Phelipe wandte. Karl III. schloss einen politischen Pakt mit Frankreich, der Spanien in den Siebenjährigen Krieg gegen England verwickelte. Der fand zwar in Übersee satt, aber Spanien gingen wichtige Kolonien verloren. Kuba, die Philippinen und Florida fielen in englische Hand. Der Handel mit Zucker, Sklaven und Edelmetallen brach ein, an dem Don Phelipe bisher gut verdient hatte.

Er saß nachdenklich im Haus am Ufer des Turia.

›Die goldene Zeit des Handels mit der Neuen Welt geht zu Ende. Die Engländer und die Franzosen machen uns die Kolonien streitig, das große Reich bröckelt, und die ersten Kolonien drängen in ihre Unabhängigkeit. Spanien muss sich neu erfinden, und ich muss mich neu orientieren.‹

Er suchte intensiv nach einem Ausweg. Doch dafür brauchte er dringend Geld.

›Ich brauche meinen Anteil an Vicentas Erbe. Jetzt! Ich muss mit dem Bischof reden. Er ist der Schlüssel.‹

Der Bischof hatte seinen Besucher fast eine Stunde auf der Bank im hohen, weiß getünchten Flur vor seinem Büro warten lassen. Er begrüßte ihn mit vorgetäuschtem Bedauern und beklagte sich über die vielen unaufschiebbaren Hirtenpflichten. Mit zurückhaltender Geste bat er ihn einzutreten und Platz zu nehmen. Dieser Besuch war ihm unangenehm.

»Exzellenz, Ihr hattet mich damals wegen des Alleinerbes meiner Frau in die Sakristei der Pfarrkirche von Borbotó gebeten. Sicherlich erinnert Ihr Euch.«

»Ich erinnere mich nur allzu deutlich, Don Phelipe.«

»Ihr kündigtet an, das Testament Estelas kassieren zu lassen und mir einen Anteil zu sichern, wenn ich Euch Abschriften desselben und der übrigen Dokumente beschaffen würde. Nun, ich habe meinen Teil der Vereinbarung eingehalten. Heute bin ich bei Euch, um von Euch zu erfahren, wie sich die Dinge entwickelt haben.«

Der Bischof saß zurückgelehnt in seinem Stuhl, die Hände auf den Armlehnen, und betrachtete seinen Bischofsring. Dann hob er den Kopf und sah Don Phelipe an.

»Sicher wisst Ihr, dass ich auf die Inquisition keinerlei Einfluss habe. Angelegenheiten dieser Bedeutung brauchen nun einmal ihre Zeit. Ich habe der Inquisition Euer Ersuchen ...«

»... mein Ersuchen? Exzellenz, wir haben eine Vereinbarung.«

»... mitgeteilt. Meine Zusage war, dass ich Euch einen Anteil in Aussicht gestellt habe. Wie sich die Inquisition verhält, steht auf einem anderen Blatt, Don Phelipe. Ein Bischof ist nicht allmächtig. Ich bin nur ein Rad an der Kutsche.«

»Ein Rad, das Verantwortung trägt, dem man traut.«

»Ich werde mit Don Fermín Verbindung aufnehmen. Könnt Ihr mich in zwei Wochen wieder aufsuchen?«

Der Bischof wollte Zeit gewinnen. Die ganze Sache verlief nicht nach seinen Vorstellungen. Das Verfahren gegen Doña Vicenta schien ins Stocken geraten zu sein, und Don Fermín war noch weniger mitteilsam als jemals zuvor. Der Bischof spürte, dass er nun die Kontrolle verloren hatte, er musste seinen Besucher vorerst hinhalten. Er stand auf und beendete so das Gespräch. Don Phelipe verließ die Residenz mit gewaltigem Unbehagen.

Nach zwei Wochen wartete er vereinbarungsgemäß wieder auf der Bank. Doch dieses Mal war die Wartezeit nur kurz. Ein Mönch trat aus dem bischöflichen Büro.

»Don Phelipe?«

»Ja, der bin ich.«

»Kommt bitte.«

Phelipe erhob sich und schritt forsch durch die Tür.

»Ah, Don Phelipe. Kennen wir uns?«

Ein älterer Herr in eleganter grauer Soutane stand auf, kam um den Schreibtisch und streckte die Hand aus. Phelipe war enttäuscht.

»Der Herr Bischof musste kurzfristig nach Zaragoza reisen. Ich wurde dazu auserwählt, die Amtsgeschäfte vorübergehend zu führen. Dies ist eine Interimslösung. Ich habe mich in alle laufenden Aufgaben eingelesen, nur leider finde ich unter Eurem Namen keinen Vorgang. Womit kann ich Euch behilflich sein?«

Phelipe war wie vor den Kopf geschlagen. Verwirrt sah er auf das Namensschild an der Schreibtischkante.

P. Juan Ortega SJ.

›Ein Jesuit!‹, dachte Phelipe. ›Das bedeutet nichts Gutes. Wo die auftauchen, heißt es: Vorsicht!‹

»Es handelt sich um eine eher private Angelegenheit. Vermutlich hat Exzellenz die Unterlagen mitgenommen, um sie höheren Orts zu besprechen. Ich werde warten bis er zurück ist.«

»Ich möchte Euch nicht enttäuschen, Don Phelipe, aber seine Abwesenheit könnte länger dauern. Ich kann Euch unter dem Siegel der Verschwiegenheit mitteilen, dass der Herr Bischof zu anderen Aufgaben gerufen wurde. Es handelt sich hier um die Erbschaft Eurer Gattin, nicht wahr?«

»Das ist richtig, Monsignore.«

»Nun, wie die Dinge stehen, wird die *Suprema* in Madrid eine Entscheidung treffen. Ich wage vorherzusagen, dass sich am Inhalt des Testaments nichts ändern wird. Was die Anklage gegen Eure werte Gattin betrifft, solltet Ihr Euch keine Sorgen machen. Wie die Dinge zu stehen scheinen, bleibt ihr der Scheiterhaufen erspart.«

Um seine Lippen spielte ein wissendes Lächeln.

»Ihr scheint gar nicht erleichtert, Don Phelipe?«

»Das Testament bleibt gültig?«

»So höre ich.«

Don Phelipe saß auf seinem Stuhl, unfähig, einen geordneten Gedanken zu fassen. Schließlich erhob er sich.

»Ich danke Euch, Monsignore.«

Auch Ortega stand auf und reichte Phelipe zum Abschied die Hand. Das wissende Lächeln war jetzt eisig.

»Darf ich Euch einen wohlmeinenden Rat geben?«

»Bitte gern, Monsignore.«

»Was Eure Vereinbarung mit dem Bischof betrifft, betrachtet sie als nie getroffen. Die Sache hat sich für uns erledigt. Für keinen der beiden Partner besteht eine rechtlich bindende Verpflichtung. So weit ich das übersehe, existiert keine schriftliche Übereinkunft. Richtig? «

»Gilt das Wort eines Bischofs nichts?«

»Ein Bischof, wenn er denn eine Vereinbarung trifft, verpflichtet immer die gesamte Kirche. Dazu bedarf es der vorherigen juristischen Prüfung. Das geschah offensichtlich nicht, Don Phelipe. Darüber gibt es keine Aufzeichnung. Jedenfalls habe ich keine gefunden.«

»Dann bitte ich um Herausgabe der Dokumente, die ich Seiner Exzellenz überließ.«

»Es tut mir leid, auch die habe ich nicht gefunden.«

»Das kann nicht sein. Ein großer Stapel Dokumente kann doch nicht verschwinden!«

»Wie ich schon sagte, ich habe sie nie gesehen. Und nun geht mit Gott, mein Sohn.«

Als er den Bischöflichen Palast verließ, verkniff sich Don Phelipe einen anzüglichen Fluch, der eher einer Hafenkneipe angemessen war.

Aparicio war gewarnt, dass Don Fermín seine Korrespondenz an Vicenta lesen würde und wählte die förmliche, respektvolle Anrede.

Verehrte Doña Vicenta Darder de Borja y Ginart,
ich hoffe, diese Zeilen erreichen Euch bei guter Gesundheit,
und Eure neue Umgebung ist erträglich.
Seid versichert, dass wir alles, was in unserer Kraft steht,
getan haben, um der Wahrheit ans Licht zu verhelfen.
Wo immer ein Urteil gefällt werden wird, hier oder in Madrid,
Euch und uns hilft jetzt nur unendlich viel Geduld.
Gott schütze Euch.
Euer ergebener Diener,
Guillermo Aparicio

Seine Zuneigung zu Vicenta ging Don Fermín nichts an. Er versuchte ihr zwischen den Zeilen mitzuteilen, dass nun die Verurteilung nicht mehr in den Händen Don Fermíns lag, wenn sie das nicht schon von ihm erfahren hatte, und dass es bis zum Urteil noch lange dauern könnte. Er hoffte, sie würde die Botschaft verstehen. Bewusst fügte er den Gruß *Gott schütze Euch* ein, obwohl sein Verhältnis zur Kirche eher distanziert war. Aber auch das hatte den Inquisitor in keiner Weise zu interessieren. Für ihn war die Religion Privatsache. Vicentas Antwort erreichte ihn innerhalb einer Woche, in ebenso förmlichem Duktus.

Geehrter Señor Aparicio,
Don Fermín überbrachte mir Eure lieben Grüße persönlich.
Er berichtete mir sehr freundlich vom Fortgang des Verfahrens.
Doch das wissen Sie wohl besser als ich.
Ich bewohne jetzt ein helles Zimmer mit Blick auf den Innenhof
des Inquisitionspalastes mit seinen Bäumen und Pflanzen.
Zweimal am Tag darf ich in Begleitung eines Mönchs
dort spazieren gehen. Er ist sehr gebildet, und wir führen
anregende Gespräche. Das hilft mir, über die Zeit zu kommen.
Freundliche Grüße
Doña Vicenta Darder de Borja y Ginart

Nun hieß es tatenlos warten. Er empfand das als viel schlimmer als den Tatsachen nachzujagen. Doch seine Ermittlungen waren jetzt beendet. Es hatte ihn befeuert, die Wahrheit herauszufinden und mit Don Fermín verbal die Klingen zu kreuzen. Am Ende waren sie sich menschlich und beruflich ein wenig näher gekommen, der Inquisitor hatte sich auf Augenhöhe herabgelassen, hatte ihn respektiert. In den nun folgenden Tagen und Wochen richtete sich Aparicio darauf ein, Dr. Don Fermin Joseph de Charola nicht wiederzusehen. Er hatte das Gefühl, ihm sei etwas abhanden gekommen. Und es fehlte ihm der Kontakt zu Vicenta, auch wenn es nur die sporadischen kurzen Zeilen waren. Würde man sie nach Madrid verbringen? Würde er davon erfahren? Um seine trübe Stimmung abzuwehren, stürzte er sich in die Arbeit und vergrub sich die meiste Zeit in seiner Kanzlei.

Doch eines Tages wurde Aparicio erneut aufgefordert, in das Gebäude der Inquisition zu kommen. Es war ein milder, sonniger Frühlingsmorgen. Er hatte das Verdeck seiner Kutsche geöffnet und genoss die Fahrt durch die Stadt. Vor dem Inquisitionsgebäude reichte er dem Burschen die Zügel. Seine Gefühle schwankten zwischen Hoffnung, Spannung und Neugier.

Bruder Tomás begrüßte ihn mit einer Mischung aus Respekt und Freude.

»Bitte nehmt einen Moment Platz. Don Fermín weilt momentan beim Generalinquisitor in Madrid. Von dort erhielten wir Order, mit Euch Kontakt aufzunehmen.«

Aparicio war überrascht. Er wusste nicht recht, wie er diese Nachricht einordnen sollte.

›Das Positive ist, man beschäftigt sich in Madrid mit dem Fall. Aber wie wird die *Suprema* reagieren? Wurde ich herbestellt, um mir mitzuteilen, dass Vicenta dorthin überstellt wurde? Wurde sie bereits verurteilt? Das Negative ist, ich weiß nicht mehr, was hier vorgeht. Ich bekomme Angst.‹

Beklommen saß er auf dem Stuhl vor dem leeren Schreibtisch. Bruder Tomás war im Nebenzimmer verschwunden und hatte die Tür offen gelassen.

›Warum ist er hinausgegangen? Will er mir etwas holen?‹

Er stand auf, um nachzusehen. Doch Bruder Tomás kam schon zurück.

»Der Generalinquisitor bittet Euch so freundlich zu sein, die Halskette ihrer Besitzerin zurückzugeben. Wir brauchen sie nicht mehr. Ehrlich gesagt, eine schöne Arbeit.«

»Selbstverständlich. Gern. Sie kennen sich aus?«

»Meine Vorfahren waren Juden. Nach 1492 wanderten sie alle nach Amsterdam aus, fast alle. Die zurückblieben wurden lupenreine Katholiken. Don Fermín weiß das.«

Der Mönch übergab ihm das kleine Päckchen und verharrte.

»War das alles?«

»Ja und nein. Würden Sie bitte jemand in Ihrer Kutsche in die Stadt mitnehmen?«

»Sicher.«

Bruder Tomás verließ das Büro. Nach einer Weile hörte Aparicio Schritte im Nebenraum. Er drehte seinen Kopf in Richtung der Tür.

Dann stand sie im Türrahmen.

»Vicenta!«

Aparicio sprang auf und ging auf sie zu.

»Guillermo!«

Sie schlang ihre Arme um seinen Hals und küsste ihn. Bruder Tomás verdrückte sich diskret.

»Ich bin frei!«

Stumm hielten sie sich aneinander fest.

›Nie mehr loslassen‹, dachte er. ›Nie mehr loslassen.‹

Eine bedrückende Stille herrschte in Don Fermíns Büro mit dem leeren, aufgeräumten Schreibtisch. Jemand schien die Zeit anzuhalten. Dann hörten sie leise Geräusche im Nebenzimmer.

»Bruder Tomás?«

»Ja, ich komme.«

Bruder Tomás hielt ihm die Tasche mit Vicentas persönlichen Dingen hin. Aparicio blieb abwartend stehen und schaute dem Mönch ruhig in die Augen. Wieder diese bedrückende Stille. Es entstand eine eigenartige, unangenehme Pause. Aparicio machte keine Anstalten, die Tasche entgegenzunehmen.

»Ich weiß, Señor Aparicio, ich weiß. Das alles muss furchtbar für Euch und besonders für Doña Vicenta gewesen sein. Ich kann nicht für die Inquisition sprechen und schon gar nicht für die gesamte Heilige Kirche. Nehmen Sie beide bitte mein persönliches Bedauern entgegen. Es tut mir leid.«

»Und wir können jetzt beide gehen? Einfach so?«

»Ja, einfach so. Ich wünsche Euch Gottes Segen.«

Er verstaute die Tasche und half Vicenta in die Kutsche. Dann setzte er sich neben sie, nahm die Zügel und schnalzte mit der Zunge. Er führte sein Pferd durch die Straßen Valencias.

»Wohin darf ich Euch bringen, gnädige Frau?«

»Guillermo, fahr mich bis ans Ende der Welt! Oder nein, lieber doch nicht. Ich hatte viel Zeit zum Nachdenken. Ich muss mich um meine Projekte kümmern. Es sind jetzt meine, nicht mehr die meiner Tante! Und ich möchte dich bitten, mir dabei zu helfen bis ans Ende meiner Tage«

»Ist das eine *conditio sine qua non*? Keine Vicenta ohne Projekte?«

»Völlig freiwillig und nur wenn du möchtest.«

Vicenta breitete die Arme aus und zog die Morgenluft tief in ihre
Lungen. Sie schmiegte sich an ihn und legte einen Arm um seinen
Körper.

»Guillermo, wie hast du das nur geschafft?«

»Es ist mein Beruf. Immer auf der Suche nach der Wahrheit im
Kampf um Gerechtigkeit. Ich bin dein Anwalt. Hast du das etwa schon
vergessen?«

»Und wohin fahren wir, Herr Anwalt?«

»Zu dir nach Hause. Dort ziehst du dich um, machst dich frisch,
und dann fahren wir in die *Calle de Barcelonino* und essen bei Enrique
zu Mittag.«

»Phantastisch! Ich freue mich schon. Ich habe riesigen Hunger.«

Am Abend fuhren sie nach Borbotó zu Ibáñez.

»Rafa, darf ich dich mit der berüchtigten Ketzerin von Valencia
bekanntmachen. Und dies, Vicenta, ist mein tapferer Mitstreiter.«

»Rosa, komm bitte.«

Ibáñez holte seinen besten Wein und hieß Vicenta in seinem
Haus willkommen. Sie beschlossen, am Abend gemeinsam die Familie
Beltrán zu besuchen, um Juana ihre Kette zurückzugeben. Der Alcalde
klemmte sich ein paar Schläuche seiner besten Weine unter den Arm.

»Etwas zu Knabbern werden sie sicher auf den Tisch zaubern.
Juana ist eine gute Köchin. Da bin ich sicher.«

Bis spät in die Nacht saßen sie beim warm flackernden Schein
der Öllampe unter Beltráns Ramada, dem Baldachin aus Weinreben
vor dem Haus, die gerade ihre Blätter entfalteten. Grillen zirpten ihre
monotone Melodie, und irgendwo aus der Ferne klangen leise die
melancholischen Weisen der *gitanos* herüber.

Bartholomé frozzelte.

»Mutter, hörst du sie? Halte deine Kette fest. Sie kommen.«

»Eine schöne Arbeit«, bemerkte Aparicio.

»Joseph, Sie haben Geschmack.«

Juanas Augen glänzten eine Spur heller, Joseph saß ein wenig
aufrechter auf der Bank.

»Und du kennst dich damit aus«, wollte Ibáñez wissen.

»Hat Bruder Tomás gesagt.«

»Und woher will der das wissen?«

»Er hat jüdische Vorfahren«, antwortete Aparicio wissend.

»Du hast immer eine spitzfindige Antwort, Guillermo.«

Juana fragte unsicher.

»Darf ich die überhaupt in der Öffentlichkeit tragen?«

»Die hat doch jetzt den Segen der Inquisition«, meinte Ibáñez und stierte einen Augenblick zu lange in die wohl gefüllte Bluse.

Rosa stieß ihn unter dem Tisch ans Schienbein.

Lange nach Mitternacht verabschiedeten sie sich.

»Kann ich mit zu dir kommen, Guillermo? Ich kann nicht in meinem Haus schlafen. Dort auf Phelipe zu treffen, wäre unerträglich. Ich habe etwas Angst vor ihm, nach alldem was er mir angetan hat.«

»Mein Herz ist groß, mein Bett zu klein,

die Besenkammer richt' ich dir ein.«

»Lernt man das Reimen auch bei der Juristerei?«

»Selbstverständlich. Wir sind alle verkannte Poeten.«

Sie genossen die lange Fahrt in der offenen Kutsche durch die nächtliche Stadt. Als sie ins Haus gingen, war ihnen kalt vom Wind, der vom Mittelmeer heraufwehte. Seine Wärme suchend kuschelte sie sich an ihn, und dann erzählte sie ihm ihre Erlebnisse im Internat.

»Endlich konnte ich es loswerden, konnte es jemandem erzählen dem ich vertraue.«

Draußen dämmerte ein neuer Tag.

Die Postkutsche von Zaragoza nach Madrid rumpelte über die staubigen Straßen der wüstenartigen Gegend im westlichen Teil des Königreiches Aragón. In Alhama wurden die Pferde gewechselt. Die weiterfahrenden Fahrgäste nutzten die Pause zur Erfrischung in der Taverne nebenan. Sie sahen dem Mönch nach, der bis hier mitgereist war. Während der Fahrt hatte die Kapuze sein Gesicht beschattet, als wollte er nicht erkannt werden. Mit gesenktem Kopf hatte er endlos die Perlen seines Rosenkranzes durch die Finger gleiten lassen. Unter seiner Kutte leuchteten gepflegte blasse Füße hervor, die nicht zu den groben Pilgersandalen passen wollten, in denen sie steckten.

Der Markt löste sich gerade auf. Dort fand er einen Bauern, der bereit war, ihn auf seiner Karre die drei oder vier *leguas* nach Nuévalo mitzunehmen. Das Dorf lag am Rio Piedra, einem kleinen Fluss voller Steine, die ihm seinen Namen gaben. Er führte das ganze Jahr genug Wasser, so dass sich an beiden Ufern eine grüne Flussoase gebildet hatte. Mit ungeübten Schritten nahm er den Weg zum *Monasterio de Nuestra Señora de Piedra*, dem *Kloster Unserer Frau der Steine*. Für die halbe *legua* brauchte er eine knappe Stunde. An seinen zarten Füßen bildeten sich die ersten Blasen.

Die wuchtige, ehemals maurische Burg war 1194 von Alfons dem Keuschen für die Christen zurückerobert worden und einem Mönchsorden abgetreten worden, damit der das Christentum unter der muslimischen Bevölkerung dieser Gegend verbreiten sollte. Der Mönch zog am langen Glockenseil neben der Pforte. Die schwere Tür öffnete sich.

»Ihr müsst Bruder Miguel sein. Der Prior hat Euch angekündigt. Tretet ein. Gott zum Gruße.«

»Und seiner ewigen Gnade.«

Ein Mönch führte den Gast in einen kleinen leeren Raum mit Säulen, die ein gotisches Kreuzrippengewölbe stützten.

»Wartet hier. Ich rufe nach dem Prior.«

Bruder Miguel musste über eine halbe Stunde warten. Trotz der Blasen an den Füßen ging er unruhig im fensterlosen Raum auf und ab. Durch die Tür schien Sonnenlicht herein, das sich verdunkelte, als der groß gewachsene Prior mit energischen Schritten in den Raum trat. Mit kräftiger, kehliger Stimme begrüßte er den Neuankömmling.

»Willkommen, Bruder Miguel. Möge Euer Aufenthalt bei uns Eure Seele läutern.«

»Zu höheren Ehre Gottes«, antwortete der Gast.

»Ich erhielt ein äußerst erschöpfendes Schreiben seiner Exzellenz des Bischofs von Teruel, dem Generalinquisitor und Mitglied des Rats seiner Majestät in Madrid. Aus dem beiliegenden Bericht mit Beweisen und beeideten Aussagen habe ich Kenntnis über alles, was zu Eurem Aufenthalt in unserem Kloster führte. Möchtet Ihr dem noch etwas hinzufügen?«

»Könnt Ihr mir das Schreiben zum Lesen aushändigen?«

Der Prior hatte weder Absicht noch Erlaubnis, dies zu tun.

»Ich habe es gerade nicht bei mir, Bruder Miguel«, wich er aus.

»Das sehe ich. Würdet Ihr dann die Güte haben, es zu holen.«

Aus dem Deckengewölbe hallte es zurück wie ein Befehl.

Der Prior sah seinem Gast ruhig in die Augen.

»Ihr solltet Euch privilegiert fühlen, dass unsere Heilige Mutter Kirche gewisse Dinge intern zu lösen weiß, anstatt Sünder aus ihren Reihen der weltlichen Justiz zu überstellen. Ihr seid nicht mehr der Bischof von Valencia. Und solange Ihr unter dem Dach unseres innig geliebten Klosters weilt, gelten dessen Regeln auch für Euch, und ich bin Euer Vorgesetzter. Ich vertraue darauf, dass Ihr Euch der neuen Situation in kürzester Zeit anpassen werdet. Es ist zu Eurem eigenen Nutzen. Aber zurück zu meiner Frage.«

Bruder Miguel schluckte.

»Nun gut, Bruder Prior. Man wirft mir die grobe Unterlassung vor, eine hochgestellte Person, Doña Estela Ginart y March, nicht im Sinne der Kirche beraten zu haben, als sie ihr Testament verfasste.«

»Habt Ihr es versucht?«

»Ich hatte keinen Zugang zu ihr. Sie mochte mich nicht.«

»Und weiter?«

»Das Testament bedurfte der formalen Bestätigung durch den Inquisitor von Valencia. Zu allem Übel ließ Doña Estelas Advokat und Notar eine juristische Expertise anfertigen, die den Inquisitor jedweder Einflussnahme beraubte und ihn sehr verärgerte.«

»Was hattet Ihr damit zu schaffen?«

»Dem Inquisitor passte das Testament nicht. Er war erbost, dass die Kirche nicht mit einem Teil des Erbes bedacht wurde.«

»Das war doch sicher *seine* Angelegenheit, nicht wahr? Nicht die Eure.«

»Schon, Bruder Prior. Nun aber, wo es bestätigt war, sollte ich Wege finden, das Testament nachträglich unwirksam zu machen. Er wollte es kassieren. Der Inquisitor setzte mich unter Druck.«

»Wie konnte er in der Lage sein, Euch als Bischof unter Druck zu setzen? Und warum mochte Euch Doña Estela nicht?«

Bruder Miguel zögerte mit der Antwort.

»Ich war als junger Priester in einem Internat aufgefallen.«

»Vicenta?«

Er erschrak.

»Ihr wisst davon?«

Der Prior schwieg, bevor er die nächste Frage stellte.

»Gab es gegen Euch kein Disziplinarverfahren? Wurde das nicht gesühnt?«

»Es kam nie heraus.«

»Wie konnte dann der Inquisitor davon wissen?«

»Er sprach von einem geheimen Dossier des Internats, das er einsehen …«

»… und Euch damit erpressen konnte?«

»So geschah es.«

»Er benutzte Euch also als sein Werkzeug, und Ihr machtet Euch aufgrund seiner Drohung, den Vorfall ans Tageslicht zu bringen, an Doña Vicenta schuldig?«

»Ja, Bruder Prior.«

»Ich frage Euch noch einmal. Ging die Initiative von Don Fermín dem Inquisitor aus?«

»So war es, Bruder Prior.«

»Bruder Miguel, Ihr lügt. Nach allem, was ich gelesen habe, wart *Ihr* die treibende Kraft. *Ihr* habt die Diffamierung Vicentas in Gang gesetzt, gemeinsam mit deren Ehemann. *Ihr* wolltet Vicenta zum Schweigen bringen, und *er* wollte einen Teil der Erbschaft. Nicht der Inquisitor hat Euch als Werkzeug benutzt, sondern Ihr ihn. Er hat es nur zu spät bemerkt. Wir sind gut informiert. Ihr habt Euch folglich zweimal an dieser Vicenta vergangen. An dem Kind im Internat und an der Frau als Schutzbefohlene Eurer Diözese. Gebt zu, dass meine Information richtig ist.«

Bruder Miguel senkte den Kopf und schwieg.

»Wisst Ihr, dass Vicenta ein Kind von Euch erwartete und dass sie deshalb durch ihre Gouvernante vom Internat genommen wurde?«

Bruder Miguel wurde bleich, schwankte, stütze sich an der Wand. Die Knie wurden weich, und er hockte sich auf den Boden. Der Prior schob ihm einen Stuhl hin und half ihm beim Aufstehen.

»Nein! Das habe ich nicht gewusst. Um Himmels willen.«

Er griff sich mit schmerzverzerrtem Gesicht an die Brust.

»Setzt Euch. Ich hole Wasser.«

Er kam mit starrer Miene zurück und hielt ihm einen Becher hin.

»Sie hat es verloren. Es wurde durch einen Eingriff aus ihrem Leib entfernt. Euer Kind, Bruder Miguel. Ein Junge.«

Bruder Miguel brach innerlich völlig zusammen. Er zitterte.

Der Prior wartete ab, bis Miguel sich erholt hatte.

»So viel zum ersten Übergriff. Durch Euren zweiten hätte sie ihr Leben auf dem Scheiterhaufen verlieren können. War das Eure finstere Absicht? Ist Vertuschung Euer Prinzip? Wolltet Ihr Vicenta durch die Hände der Inquisition verschwinden lassen, ohne Eure eigenen zu beschmutzen? Habt Ihr befürchtet, sie hätte Eure ehrgeizigen Pläne durchkreuzen können, indem sie aus der Vergangenheit plauderte? Hätte sie Euch gefährlich werden können? Ihr wart als Nachfolger auf den Stuhl des Erzbischofs im Gespräch.«

Miguels starre Augen starrten ins Leere. Der Prior sprach mit klarer Stimme weiter.

»Doña Estela, Vicentas Tante, hatte Kenntnis von den schlimmen Ereignissen im Internat. Sie, Vicentas Eltern und der Internatsleiter vereinbarten Stillschweigen, um Vicentas Ruf nicht zu gefährden. Eure Weste blieb sauber, und Ihr wurdet Bischof. Glückwunsch! Jedoch hasste Euch Doña Estela seitdem. Ihr wart der Grund dafür, dass die Kirche in ihrem Testament leer ausging. Ihr habt der Kirche durch Euer Verhalten große Einbußen zugefügt. Auch Vicenta erlitt großen Schaden. Man hat ihre Eltern in Madrid befragt. Vom Arzt, der den

Eingriff an ihr vorgenommen hatte, wurden sie vertraulich aufgeklärt, dass ihre Tochter nie wieder schwanger werden kann. Das Perfide ist, man verheimlichte diese Tatsache vor Vicenta selbst. Auch dies ist Teil des Stillschweigens. Sie betrieben dann die Verheiratung ihrer Tochter weit unter Stand. Für die Borjas war sie wertlos geworden. Doch das sei Angelegenheit der Familie.«

Der Prior machte eine Pause und musterte Miguel aufmerksam, bevor er weiterredete.

»Ich habe noch eine Frage. Warum habt Ihr auch noch Señora Gutiérrez töten lassen?«

Bruder Miguel hob abwehrend die Hand, doch der Prior ließ ihn nicht zu Wort kommen.

»Bevor Ihr mir wieder eine Lüge anbietet, lasst mich sagen, dass Ihr einen starken, einen bösen Einfluss auf arglose Menschen besitzt. Zwar sagen der Stadtkommandant und der Medikus von Alzira übereinstimmend aus, sie sei einem Herzversagen erlegen. Sie wurde wie friedlich schlafend in ihrem Bett aufgefunden. Doch nun wir haben die Beichte eines jungen Franziskaners aus Eurer früheren Residenz, dass er die Frau in Eurem Auftrag mit einem Kopfkissen erstickte. Sein Gewissen quälte ihn derart, dass er sich kurz nach Eurer Abberufung Bruder Juan Ortega anvertraute, der Euer Amt kommissarisch führt. Der junge Mann erleidet grausame Seelenpein und hat sich in einem Kloster verborgen. Er wurde durch Euch zum Mörder! Und er ist stark suizidgefährdet. Ihr habt noch einen Menschen auf dem Gewissen.«

Bruder Miguel saß in sich zusammengesunken auf seinem Stuhl. Die Welt um ihn schien in einem Nebel. Die Worte des Priors drangen nur noch verschwommen zu ihm.

»Ihr werdet für viele Jahre als arbeitender Mönch in unserem Kloster bleiben.«

Für Bruder Miguel klang es wie: ›Für den Rest Eures Lebens.‹

Der Prior läutete ein kleines Glöckchen. Kurz darauf betrat ein Mönch den Raum.

»Bruder Mateo wird Euch jetzt Eure Zelle und die Anlagen des Klosters zeigen.«

Der Prior zog sich in sein Amtszimmer zurück. Dort verfasste er einen Vermerk über das Gespräch, während draußen Bruder Miguel dem Mönch auf dem zweistündigen Rundgang durch das Kloster in ungewohnter Demut und schleppenden Schrittes folgte. Die wunden Füße schmerzten in den groben Sandalen.

Im Fall der Tötung der Señora Gutiérrez wurde nie polizeilich ermittelt. Vicenta und Guillermo besuchten später ihr Grab auf dem Friedhof von Alzira und pflanzten dort einen Olivenbaum.

Der Inquisitor Dr. Don Fermin Joseph de Charola kehrte nicht mehr nach Valencia zurück. Noch während seines Aufenthaltes in Madrid ersuchte er, von seinem Amt entbunden zu werden. Seinem Wunsch wurde entsprochen.

Don Phelipe verließ Spanien ohne sich je zu verabschieden. Er schiffte sich auf einem Segler nach *Nueva Granada* ein, in etwa dem heutigen Venezuela. Er kam dort praktisch ohne jedes Vermögen an, und man hörte nie wieder von ihm. Eine offizielle Anfrage Vicentas bei der *Casa de Contratación*, der spanischen Kolonialverwaltung in Cádiz, erbrachte keinerlei Hinweis über seinen dortigen Aufenthalt. Nach Ablauf von zwei Jahren ließ Doña Vicenta ihren Ehemann von den spanischen Behörden für tot erklären.

Nachwort

Fakten und Erfindung

Schon in der Präambel des Pachtvertrages mit dem Siegel König Karls III. wird bestätigt, dass die Pachtsache Teil von Doña Vicentas Erbe ist. Sie haben wirklich gelebt, Estela, Vicenta, Phelipe, Guillermo, Joseph, sein Sohn Bartholomé und die acht anderen, die im Vertrag erwähnt sind. Die förmlichen Bestätigungen des Testaments durch die Inquisition in Valencia und Madrid sind ebenfalls belegt. Der Name des Alcalde von Borbotó, seiner Frau Rosa, der Ehefrau Joseph Beltráns und der des Bischofs sind frei erfunden wie auch die gesamte Handlung.

Nachfahren der vor zehn Generationen handelnden Personen mögen mir verzeihen, falls ihre Ahnen in der Erzählung schlechter wegkommen als angenehm. Sie ist frei erfunden.

Die spanische Inquisition

Das *Tribunal del Santo Oficio de la Inquisición* wurde im Jahr 1478 als staatliche Behörde eingerichtet. 1559 endete die Finanzierung aus dem Staatshaushalt. Fortan an deckte das *Santo Oficio* die Kosten für besoldete Amtsträger, Teilzeitbeschäftigte, Gerichtsgebäude und die Gefängnisse, den Aufwand für öffentliche Hinrichtungen bis zum Brennholz für die Scheiterhaufen aus Geldstrafen, den Enteignungen Verurteilter, Pachteinnahmen konfiszierter Immobilien, Ablösungen und Pfründen. Die komplexe Organisation finanzierte sich selbst aus der fortdauernden Verfolgung und Verurteilung von Menschen, die sie für Straftäter hielt.

Strafbare Delikte waren Häresie (Ketzerei), Scheinkonversion, Protestantismus, Prostitution, Bigamie, Sodomie (Homosexualität), Hexerei und einige andere.

Hohe Konjunktur erfuhr die spanische Inquisition nach Ende der maurischen Herrschaft durch die *reconquista* unter den ›katholischen Majestäten‹ Isabel I und Ferdinand II. Man misstraute den zum Teil unter Zwang zum Christentum konvertierten Moslems und Juden, die im Lande geblieben waren. Sie wurden verdächtigt ihre ehemalige Religion weiter heimlich zu praktizieren. Sie wurden bespitzelt, dann denunziert, festgenommen, verhört, angeklagt und verurteilt. Dies erstreckte sich bis zum Ende des 18. Jahrhunderts, der Epoche der vorliegenden Erzählung, und darüber hinaus.

Im Jahr 1808 hob Napoleon Bonaparte die Inquisition in den von seinen Truppen besetzten Teilen Spaniens per Dekret auf. Der Oberste Gerichtshof von Cádiz folgte im April 1813 diesem Beispiel für den Rest des Landes. Als der spanische König Ferdinand VII. im Jahre 1814 aus dem Exil zurückkehrte, setzte er sie wieder ein. 1830 sah er sich gezwungen, sie wiederum aufzuheben. Im Jahre 1826 wurde das letzte Todesurteil der Spanischen Inquisition in Valencia verhängt. Im Jahr 1829 wurden alle Aufgaben der Spanischen Inquisition vom Papst auf die Römische Inquisition übertragen. Erst am 15. Juli 1834 wurde die Spanische Inquisition während der Regierung von Königin Isabel II. offiziell abgeschafft.

Glossar

abánico	Fächer
ayuntamiento	Stadtverwaltung, Rathaus
azulejos	farbige Wandfliesen
barrio	Stadtviertel, Kiez
cahizada	maurisches Feldmaß für die Aussaat
communio	Gemeinschaft mit Christus
compañero	Genosse, Kumpel
converso	Konvertit zum Christentum
Exsequien	kirchl. Aussegnung, Totenfeier
felicitaciones	Glückwünsche
Fino	weißer, trockener Jerez
gitanos	Roma, Sinti, ›Zigeuner‹
hacienda	Gutshof
hanegada	Feldmaß, *5 hanegadas = 1 cahizada*
hidalgo	niederer spanischer Adliger
huerta de Valencia	fruchtbarer Landstrich um Valencia
legua	spanische Meile, 5770 Meter
libra	spanisches Pfund (Währung)
lonja de seda	Seidenbörse
maldito culo	verdammter Idiot (Arschloch)
mantilla	Schleiertuch für Kopf u. Schultern
maravedí	übernommene arabische Münze
mayordomo	erster Hausdiener, Butler
meseta	Hochebene Kastiliens
mozo	Junge, Laufbursche
obispado	Bistum
paseo	Spaziergang
pulgada	Zoll (spanisches Längenmaß) 23,4 cm
reconquista	Rückeroberung
requiem aeternam dona eis	Requiem der kath. Liturgie
Sodomist	Homosexueller
sub rosa	»unter der Rose« (Beichtgeheimnis)
Suprema	Oberster Inquisitionsrat